KB210590

기쁘게 일하고,

해놓은 일을 기뻐하는 사람은 행복하다

요한 볼프강 폰 괴테

글 **토바 마틴**
《빅토리아》지의 객원 편집자이자 코네티컷에 있는 '로지네 온실'의 수석 원예가로 활동했다. 주요 정원 잡지에 원예 관련 글을 쓰면서 『천국의 에센스』, 『꽃이 필 무렵』, 『현대 정원을 위한 옛 꽃들』, 『꽃들의 길』, 『타샤의 정원』 등 다수의 책을 펴냈다.

사진 **리처드 브라운**
보스턴 부근에서 성장했고 하버드 대학에서 미술과 미술사를 전공했다. 1968년 버몬트로 이사한 후 작은 학교에서 교편을 잡다가, 사진작가 일을 시작했다. 《해로스미스 컨트리 라이프》, 《오뒤본》, 《내셔널 와일드 라이프》, 《뉴욕 타임스》, 《컨트리 저널》 등에 그의 사진이 실렸다. 『왕국 정경』, 『버몬트 크리스마스』, 『에덴 동산의 시간』, 『시골 정경』 등의 작품집이 있다.

옮긴이 **공경희**
서울대 영문과를 졸업한 후 지금까지 번역가로 활동 중이다. 성균관대 번역 테솔 대학원의 겸임교수를 역임했고, 서울여대 영문과 대학원에서 강의했다. 시드니 셀던의 『시간의 모래밭』으로 데뷔한 후, 『메디슨 카운티의 다리』, 『모리와 함께한 화요일』, 『호밀밭의 파수꾼』, 『파이 이야기』 등을 번역했다.

TASHA TUDOR'S HEIRLOOM CRAFTS

with text by Tovah Martin, photographs by Richard W. Brown, and illustrations by Tasha Tudor

This Korean edition is published by Will Books Publishing Co. in 2025 by arrangement
with Mariner Books/HarperCollins Publishers LLC through KCC(Korea Copyright Center Inc.), Seoul.

이 책의 한국어판 저작권은 (주)한국저작권센터(KCC)를 통해
저작권자와 독점계약한 (주)윌북에 있습니다.

Tasha Tudor's
Heirloom Crafts

Contents

Tasha Tudor's
Heirloom Crafts

손으로 만드는 세상

타샤 튜더와 나는 오래전 친구가 되었다. 타샤에게 찾아가거나 통화할 때마다 그는 항상 뭔가 만드느라 분주하다. 한겨울에 전화를 하면, 타샤는 "장난감 부엉이를 만드는 중이었어요. 이렇게 말해도 될는지 모르지만, 정말 신이 나요"라고 말한다. 그럼 바쁘지 않을 때 통화하자고 말하면, 타샤는 "말도 안 되는 소리. 난 언제나 이런저런 걸 만드는 걸요"라고 대답한다.

타샤는 일손을 놓는 일이 없고, 아무것도 안 하고 가만히 앉아 있는 것을 끔찍이 싫어한다. 늦여름에 찾아가면, 타샤는 향기로운 식물들이 피어난 허

브밭에서 허리를 굽힌 채 잡초를 뽑고 있다. 누군가 다가가서 돕겠다고 하면, 그 사람은 타샤에게 쭉 영웅 대접을 받는다. 나는 타샤 옆에서 잡초 뽑는 일을 거들곤 한다. 하지만 일은 오래도록 계속되지 않는다. 작년에 그녀가 심은 장미로 화제가 옮겨가면, 우리는 잡초 바구니를 놔두고 꽃을 꺾으러 가니까. 그것은 시작에 불과하다. 염소젖을 짜고 비스킷에 버터를 발라 먹고 나면, 타샤는 추위가 물러가게 불을 지핀다. 그러면 나는 그 옆에 앉아서, 그녀가 양말을 뜨면서 들려주는 별난 친척들 이야기를 듣는다. 손에 들고 있는 게 양말이 아니라면, 타샤는 뻣뻣한 빨간 페티코트 밑단에 레이스를 뜨거나, 직접 디자인한 드레스를 손바느질한다. 나는 타샤가 민첩하게 코바늘이나 손에 쥔 도구를 움직이는 모습을 홀린 듯 지켜본다. 산책을 마치고 들어가 보면, 이젤 앞에 앉아 수채화의 마무리 손질을 하는 중인 때도 종종 있다. 타샤는 얼른 손을 저으며 말한다. "조금도 방해가 되지 않으니 딴 생각 말아요. 난 화가가 아니라니까. 화실에 틀어박혀 그림을 그릴 필요는 없어요. 불가에 앉도록 해요." 나는 고분고분 의자를 벽난로 옆으로 끌고 간다. 이야기를 듣는 사이 시간은 흘러간다. 타샤는 전에 했던 이야기를 더 자세히 들려주기도 한다.

　　나는 오래전부터 타샤에게 공예에 대한 취미가 있다는 것을 알고 있었다. 내가 타샤를 처음 본 것은 양봉 도구가 잔뜩 실려 있는 트럭의 앞 좌석에서 뛰어내리는 모습이었다. 그녀는 잿빛 머리를 수건으로 꼭 매고, 폭넓은 스커트 자락을 바람에 휘날리면서 벌통이 흔들리지 않게 이리저리 놓았다. 타샤는 수령초를 사러 우리 온실에 찾아왔지만, 나는 곧 다른 일이 있다는 걸 알게 되었다. 몇 시간 후 타샤가 다시 왔을 때, 양봉 도구가 실려 있던 트럭에는 손으로 짠 바구니가 잔뜩 실려 있었으니까. 양봉 도구와 바구니를 교환한 모양이었다. 그녀의 주름진 뺨이 승리감으로 발갛게 물들어 있었다. 타

타샤는 멜론 바구니를 좋아한다. 그녀는 짜기는 쉽지만
이 미니어처 바구니에는 "작은 산딸기 몇 알밖에 담지 못한다"고 고백한다.
타샤는 들판에 있는 검은 물푸레나무를 이용해서 바구니를 직접 짰다.

샤는 바구니 몇 개를 내려놓고, 각각의 장점을 자랑스럽게 설명하더니 차를 타고 가버렸다. 만일 타샤 튜더가 그림책 삽화가로 유명하다는 사실을 몰랐다 해도, 특별한 사람을 만났다는 것만큼은 기억에 남았을 것이다.

정원사의 마음과 영혼을 지닌 나는 초기에 '코기 코티지'(타샤의 트레이드마크인 코기와 작은 시골집을 가리키는 코티지를 결합한 말로 타샤가 살아가는 공간 즉, 집과 정원 전체를 뜻한다—옮긴이)를 방문하면 주로 집 밖에서 시간을 보냈다. 테라스들 사이에 덩굴이 드리워진 오솔길들을 거닐면서 그 소중한 순간들을 보냈다. 머리 위까지 덩굴이 뻗어 오른 길을 가다가, 들꽃을 따라 내려가면 수련이 핀 연못이 나왔다. 한낮의 태양이 연못에 쏟아져 빛났고 활짝 핀 계피색 패랭이꽃에 관심을 쏟았다. 하지만 얼마 지나지 않아 나는 손으로 지은 타샤의 집 안에 그 어디서도 보지 못한 귀한 물건들이 가득하다는 것을 눈치챌 수밖에 없었다. 타샤의 집을 방문하면 감상할 게 정말 많은데 그런 말을 하는 사람은 비단 나만이 아니다. 처음으로 정원에서 집으로 들어가면, 어두컴컴한 곳에 적응하느라 한참 시간이 걸린다. 아주 화창한 날에도 집은 따뜻하지만 조금 가라앉은 분위기다. 그리고 타샤는 쉼 없이 돌아다닌다. 차를 준비할 때는 특히 그렇다. 그녀가 여러 가지 일을 하면서 매혹적인 이야기를 풀어놓으면 귀 기울여 들어야 한다. 그러니 주변에 한눈을 팔 틈이 없다. 폭풍우가 몰려와서 타샤가 딴 데 정신을 팔기 전까지는. 그때가 되면 손님은 미로 같은 작은 방들을 누비면서 타샤의 폭넓고 다양한 수집에 대한 열정을 샅샅이 구경하고 다니기 시작한다. 물론 그녀가 직접 만든 놀라운 물

타샤가 부엌에서 일을 시작하면, 믿을 수 없는 좋은 냄새가 퍼진다.
별별 종류의 흥미로운 골동품 조리 기구들이 있다. 물려받은 것도 있고,
구입한 것도 있다. 다양한 모양의 과자 커터와 나무로 조각한 버터 틀도 있다.

건들도 구경할 수 있다.

타샤의 집 구석구석에는 감탄할 만한 것들이 숨겨져 있다. 작은 나무통도 상상할 수 없을 만큼 많다. 바구니는 한평생 쓰고도 남을 만큼 많다. 곡물이나 사료가 담겨 있는 오래된 항아리들이 구석구석에 놓여 있고, 손으로 짠 리넨류는 먼지가 앉을 만한 곳에는 어디에나 깔려 있다. 온갖 모양과 용도의 골동품 도구들이 손쉽게 찾을 수 있는 곳에 걸려 있고, 거대한 베틀들이 널찍이 자리 잡고 있다. 베틀은 마지막으로 헤아렸을 때 일곱 대가 있었다. 그러나 그중에서도 가장 놀라운 건, 타샤가 분주하게 만든 것들을 어디서나 발견할 수 있다는 점이다.

나는 타샤의 엄청난 부지런함에 자주 경이로움을 느낀다. 그녀는 어느 모로 보나 안달하는 성격의 소유자는 아니다. 그저 손에 일감을 쥐고 있는 것을 좋아할 따름이다. 타샤는 '토바가 정원을 좋아하는 것처럼 나는 만들기를 즐기는 것뿐이지요'라고 설명한다. 하지만 내 나름의 이론이 있다. 타샤의 이런 근면함은 양키(미국 동부 뉴잉글랜드 지방 사람들을 뜻함—옮긴이) 문화를 배경으로 성장한 데서 생긴 것 같다. 내가 만나본 양키들은 가능한 모든 자원을 동원해서, 삶의 매 순간을 생산적으로 보내야 한다고 주장했다. 타샤도 이런 성향을 키워왔으리라. 밤사이에 해로운 동물이 나타나 닭들과 함께 달아나면, 그녀는 문제의 동물이 남긴 깃털들을 꿰매어 장난감을 만든다.

스토브에서 저녁 식사가 끓는 사이,
타샤는 옆방에 들어가서 15미터쯤 되는 리넨을 짠다.
언젠가 이 리넨으로 솜을 넣은 속치마를 만들 것이다.
타샤는 한숨을 내쉬면서 말한다. "몇 시간 계속해서
이 일을 붙들고 있을 수만 있다면,
몇 주면 베 짜는 일을 마칠 수 있을텐데."

타샤는 인형 엠마의 옷을 짓고 인형의 집을 꾸밀 장식을 다시 디자인하는데
싫증낼 줄을 모른다. 그녀는 "마리오네트 인형의 옷은 바꿔 입힐 수가 없어요.
그러니 장면마다 인형 전체를 새로 만들어야 되지요"라고 말한다.

타샤의 삶에는 모든 것에 목적이 있다. 푸르른 꽃밭은 주로 그녀의 그림 작업을 위해 꾸며진다. 특히 제멋대로 뻗은 장미 가지에 머리칼이 걸리는 사람이 있으면, 타샤는 이런 말을 해준다. "그 장미는 셀 수 없을 만큼 많은 포스터에 등장했어요." 모든 게 제 역할이 있다. 손님들 뒤꿈치를 졸졸 쫓아다니는 코기들도 뭔가에 도움이 되겠지. 외눈박이 고양이 역시 뭔가 생산적인 기능을 한다. 희귀한 종류의 다람쥐를 잡는 게 문제긴 하지만! 염소, 정원, 나무로 된 눈삽, 종종대며 돌아다니는 닭, 원래 모든 것에는 목적이 있는 법이다. 또 모든 것은 조화를 이룬다. 정원의 메마른 허브는 겨울에 염소들을 건강하게 해주고, 염소는 손님들에게 대접할 치즈를 만드는 우유를 대준다. 숲은 스토브를 지필 땔감을 주고, 스토브에서 구워진 파이는 타샤의 먹거리가 된다. 타샤는 염소의 젖을 짜서 치즈를 만들고, 불을 피우고, 허브밭의 잡초를 뽑는다. 손님들의 도움을 받아가며. 타샤의 생활은 매사가 보기 좋게 어우러진다.

타샤의 입장에서 보면 공예는 나눔을 위한 것이어서, 그녀의 집에서는 유명한 공예가 친구들의 모임이 자주 열린다. 타샤가 베틀 앞에 앉아 천을 짜거나 오븐에 빵을 구울 때면, 친구들은 옆에 바싹 붙어 앉는다. 양초를 만들 때는 장작을 넣으며 밀랍 녹이는 일을 돕고, 비누를 만들기 위해 라드 기름을 끓일 때는 코기들이 옆에 오지 못하게 한다. 그렇게 가끔 공예가들은 타샤의 집에 모여, 지식을 나누고 배우면서 기술을 되살린다. 보기에 참 좋은 일이지만, 씁쓸한 구석도 있다. '코기 코티지'에서 하는 활동 중에는 잊혀지고 있는 분야도 있어서다. 서글퍼 보인다고 해도, 대부분의 사람들은 온종일 김 나는 냄비 옆에 서서 양초를 만들고 싶어 하는 마음을 이해하지 못한다. 바구니를 짜려고 어린 물푸레 나무의 껍질을 두들기느라 힘을 빼는 이유를 의아해한다. 이제는 삼을 꼬거나 빗질하는 사람이 별로 없다. 그게 뭘 하는 것인지 모르는 이들도 많다. 타샤는 애플사이다를 만들거나 울타리를 짜거나 또는 일손이 필요한 작업을 할 때마다 손자들과 친구들을 부른다. 아이

코기 코티지의 여기저기 놓여 있는 온갖 종류의 수공예품을 보면
어떤 아이라도 매혹된다. "그냥 낡은 장난감일 뿐인 걸요." 타샤는 난로 옆에 놓인
바퀴 달린 강아지를 보며 말한다. 하지만 아이들은 옛날의 수공예품을
반짝이는 눈빛으로 바라본다.

들은 농가의 작은 방들을 돌아다니면서, 멋진 장난감을 구경하고 도구들이 어떻게 쓰일지 상상한다. 인형의 집과 마리오네트 인형에 감탄하고, 꿀맛 같은 파이를 먹는다. 하지만 가장 중요한 일은, 오랫동안 쉬지 않고 움직이는 타샤의 섬세한 손길을 구경하는 것이다. 그리고 그들은 타샤의 손이 만들어 내는 놀라운 물건들을 직접 눈으로 확인한다.

땅에서 얻다

바구니·목공예·도자기

처음 타샤의 집에 찾아갈 때 경치 좋은 기다란 길로 접어들면, 구불구불한 길을 따라 서 있는 멋진 나무숲을 보게 된다. 집이 가까워지면서 층층이부채꽃 초지를 만나거나 대형 헛간을 언뜻 보게 될 무렵이면, 굴뚝에서 유유히 피어오르는 연기의 향을 맡게 된다. 장작 난로에서 나는 향기는 어딜 가든 따라다닌다.

　몇 해 전, 누군가 타샤의 풀밭 끝에 있는 옹이진 사과나무를 도끼로 자른 일이 있었다. 그녀는 "그 더러운 짓을 저지른 젊은이는 뻗어나온 가지 몇 개만 치라고 했더니, 나무를 통째 자르라고 알아들었지 뭐예요. 어찌나 낙담스럽던지"라고 말하며 한숨을 내쉰다. 타샤는 그때부터 믿음직스러운 친구나 친척이 아니면, 깎는 도구를 단지에 들여놓는 데 조심한다.

산꼭대기에서 이 사과나무를 잃은 것을 슬퍼한 것은 타샤만이 아니었다. 푸른 울새 가족 역시 몹시 슬퍼했다. 그녀는 안타까워하면서 자주 이런 말을 한다. "울새가 가장 좋아하는 자리가 그 사과나무였어요. 나무가 사라지면서 울새 가족은 다시는 여기 오지 않았지요." 깃털 달린 것에 유달리 애착이 강한 그녀에게 나무는, 여름에 그늘을 드리워주고 진흙탕 계절에 흙이 담겨 있는 곳일 뿐 아니라 새 친구들의 은신처이자 쉼터이다. 나무에 속 이 빈 가지가 있으면, 박새나 딱따구리에게 더없이 좋은 일이다.

타샤네 언덕 꼭대기는 백송, 전나무, 너도밤나무, 미국꽃단풍나무, 물푸레나무, 자작나무로 빽빽하다. 매사추세츠주의 콩코드에 있는 에머슨의 집을 방문했을 때, 타샤는 밤을 가지고 왔다. 그 밤이 성공적으로 싹을 틔웠고, 빨랫줄에서 멀지 않은 들판에 가지를 뻗친 나무로 자라났다. 닭장이 있는 마당 가까운 곳에는, 아들 탐이 셔우드 숲에서 주워온 도토리를 타샤가 심어 가꾼 어린 참나무도 있다. 하지만 단지의 대부분은 주변과 비슷한 시골의 정경이다.

땔감이나 요리할 때 쓸 나무는 충분히 많지만, 타샤는 땔감을 자신의 풍성한 숲에서 구하지 않고 이웃에게 구입한다. 그녀는 집이 후끈할 정도로 따뜻한 것을 좋아한다. "오들오들 떨며 살 필요가 뭐 있겠어요." 난로에 장작을 던지면서 타샤는 말한다. 내가 전화를 걸면, 틀림없이 대화 중 어느 시점에 이르러서 그녀는 난로의 불을 보러 간다. "난로를 보고 올 테니 1분만 기다려요." 말이 떨어지자마자 그녀가 잰걸음으로 다른 방으로 들어가는 소리에 이어 주석 스토브의 문이 열리는 소리가 들려온다.

타샤는 난로의 불을 직접 살핀다. 싸늘한 아침과 추운 저녁에 부지런히 음식을 만들어내는 요리용 스토브와 벽난로 두 곳에서 내뿜는 열기 덕분에 집은 언제나 따뜻하다. 그러다 보니 상당한 분량의 땔감이 필요하다.

요리용 스토브에 불을 때려면 섬세한 기술이 필요하다. 음식을 완벽하게 구우려면 오븐의 온도가 일정하게 유지되어야 한다. 장작을 때서 조리하는 것이 분별 있는 처사인지 우려하는 사람에게 타샤는 "나는 기막힌 음식을 성공적으로 구울 수 있어요. 딱딱하고 마른 나무가 필요하긴 하지만"이라고 말한다. 디저트가 나오면 그 말이 증명되고, 누구나 한 번 더 먹겠다고 청한다. 장작을 때서 난방을 하기란 힘든 일이지만, 타샤의 집은 그만큼 잘 지어졌다. 한겨울에 이 산꼭대기에 도착하는 이라면 집이 아늑하다는 것을 인정할 것이다. 바람이라도 지나가면, 방마다 의자에 손뜨개 숄을 걸쳐놓아 필요하면 어깨에 걸치게 한다. 하지만 타샤의 집에 외풍이 있는 기미를 느낀 적이 한 번도 없다. 집이 워낙 아늑하다 보니 한두 달쯤 가지 않으면 곧 마음

버몬트의 숲에서는 목공예용 재료뿐 아니라
겨울 땔감도 많이 난다. 나무를 깎을 때 걸터앉는
받침대 같은 도구들도 손으로 나무를 깎아 만든 것들이다.

에 떠오른다. 손으로 깎은 마루청과 장부(한 부재의 이쪽 끝을 저쪽 구멍에 맞추기 위해 가늘게 만든 부분을 가리키는 건축 용어—옮긴이)로 연결되는 모든 들보와 서까래에는 몇백 년 전에 지어진 집에만 감도는 고즈넉함이 깃들어 있다.

　　타샤의 집은 모양도 그렇거니와 심적으로 느껴지는 면에서도 고풍스런 분위기가 있다. 몇 세대가 나고 자란 곳에 깃드는 분위기 같은 것 말이다. 하지만 사실 타샤의 집은 겨우 22년 전에 타샤의 아들 세스가 지은 것이다. 오래된 분위기는 완전히 의도된 것이었다. 어머니와 아들은 모든 면에서 복고적으로 보이는 환경을 만들려고 애썼다. 타샤는 뉴햄프셔주의 콩코드에서 보고 감탄한 1740년대의 농가를 본떠서 집을 짓기로 결정했다. 세스는 몇 차례나 콩코드의 농가를 방문해서 측량을 하고, 충실하게 설계도면을 만들었다. 그러나 한 가지 중요한 변화를 주었다. 타샤의 집이 부지 모양을 바꾸지 않고 산 정상에 당당하게 서 있을 수 있도록 평면도를 바꾼 것이다. 타샤는 이유를 "세스가 폭발물 쓰는 것을 불편해했어요"라고 시적으로 설명한다. 원래의 집을 충실하게 재현했을 뿐 아니라, 건축 과정 또한 18세기의 방식을 그대로 차용했다. 사방으로 뻗은 집에 사용한 널빤지는 모두 근처 제재소에서 다듬은 아메리칸 솔송나무와 소나무였다. 전기 도구가 동원된 것도 집을 지을 때뿐이었다. 집을 지을 때 타샤의 외진 숲속 단지에는 전기가 없

오래된 농가에서 자란 세스는 전통적인 건축술을 익힐 기회가 많았다.
그가 혼자 힘으로 나무 기둥을 세워 만든 이 헛간이 백 년쯤 된 게
아니라는 사실을 아무도 믿지 않을 것이다.

었다. 그 후로도 몇 년 동안 전기가 들어오지 않았다. 그래서 세스는 손으로 쓰는 도구들만 가지고 집을 지어야 했다. 밤이면 밤마다 동생 탐과 앉아서, 참을성 있게 참나무를 깎아 기둥을 고정할 나무못을 만들었다. 세스는 당시 를 이렇게 회고한다. "모험이었지요. 좋은 책을 읽는 것과 비슷했어요. 끝이 어떻게 될 줄 알지만, 플롯을 따라가노라면 긴박감이 있잖아요." 완성된 집 은 놀라운 기술과 공법을 보여준다. 세스가 집 짓기를 정식으로 배운 적이 없다는 사실을 고려하면 특히 그렇다. 그러나 그의 놀라운 목공 기술은 그리 놀랄 일이 아니다. 그의 조부인 윌리엄 스탈링 버지스는 조선 기사로, 월드 컵에 출전한 경주용 요트를 설계한 분이었으니까.

일손이나 전기 장비의 도움 없이 집을 지으면서 문제가 생기면, 세스는 적은 비용을 들여 창의적으로 상황을 극복하는 타고난 재능을 발휘했다. 그 의 모친처럼 그 역시 모든 면에서 양키 기질을 타고났다. 헛간을 지으면서 큰 재목들을 세울 때, 그는 부품들을 모아 훌륭한 크레인을 만들어서 기둥을 올렸다. 세스와 그가 만든 크레인은 수십 명의 건장한 이웃들을 동원해야 할 만한 일을 거뜬히 해냈고, 무거운 나무 기둥을 반듯하게 세웠다. 타샤는 "놀 라운 광경이었지요. 마치 골격만 있는 배 같았어요"라고 회고한다.

세스가 '코기 코티지'를 완공하는 데는 3년이 걸렸다. 외장이 완성되자, 내부 공사에 돌입했고, 일부러 문지방과 문틀을 약간 휘게 만들었다. 그가 보기에 그런 매력적인 불완전함이 이 집의 특징이었다. "나름대로 불완전함 이 없는 예술 작품은 없다"라는 말을 인용하면서 그는 일부러 낮게 만든 문을 고개를 숙이고 지나간다. 물론 타샤도 집 짓는 일을 거들었다. 그녀는 마루청 까는 일을 도맡았다. "바닥 널 사이에는 틈이 있어요. 우리는 원목을 썼는데, 나무가 수축했지요. 나는 늘 그 틈 사이에 양귀비 씨를 뿌려서 정원으로 꾸미겠다고 으름장을 놓지요." 타샤는 창틀을 넣는 일도 맡았다. 창틀은 세월을 잘 견뎌냈지만 날씨가 안 좋을 땐 창마다 덧창문을 닫는다. 덧창 역시 나무못이 박혀 있다. 그래서인지 집 안팎은 아주 오래된 듯 보인다. 타샤는 자주 내게 묻는다. "거의 모든 사람이 오래된 집이라고 속을 거예요, 안 그런가요? 물론 토바의 책을 보지 않은 사람들만."

집의 내부에는 작은 방들과 좁은 복도들이 미로처럼 나 있고, 문을 열고 들어가면 더 깊이 숨은 방들이 나온다. 나는 여러 해에 걸쳐 타샤의 집에 가봤지만, 여태도 상상도 못했던 곳에 있는 방을 찾아내곤 한다. 집에는 타샤가 열여섯 살에 처음으로 경매에 참여한 후 계속 모아온 가구들이 넘쳐난다. 그녀는 장난스런 미소를 지으면서 "이 예쁜 것의 값을 더 부르는 사람이 아무도 없더군요"라고 말한다.

세스는 어머니처럼 멋진 가구를 사랑하는 사람이다. 숲을 지나 그의 집에 가보면, 이 목수는 작업실에서 미국 초기의 특징과 개성이 있는 가구들을 재현하는 작업을 하고 있다. 가구의 굽은 곳은 오리지널 가구처럼 약간 기울

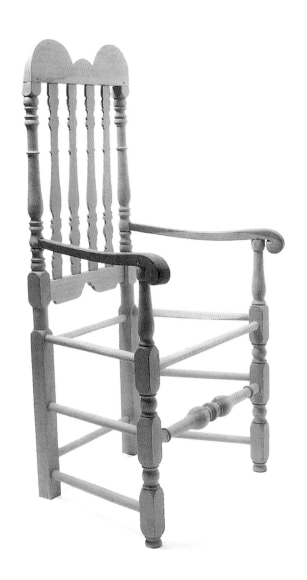

세스는 의자를 똑같이 만들 때면, 원래의 것을 세세한 부분까지 살핀다.
그런 다음 밖으로 나가서 나무를 잘라,
수 세기 전에 가구를 만들던 방식으로 목재를 선반에 건다.

어졌고, 경사면과 윤곽선도 아름답게 재현되어 있다. 우아한 선뿐만 아니라, 오래 쓸 수 있게 만들어진다는 사실에 세스가 만드는 가구의 미덕이 있다.

타샤의 집에 있는 모든 물건은 제 기능을 하며 그 역할을 멋지게 해낸다. 의자들은 앉은 사람이 글씨를 쓰거나 바느질을 하거나, 손에 들고 있는 일에 집중할 수 있도록 등판이 약간 숙여져 있다. 철망 문과 투박한 선반이 달린 캐비닛들은 병조림한 과일 단지들을 간수하는 용도로 쓰인다. 타샤는 집 짓기의 마무리 작업에도 간여했고, 이웃들이 야드 세일(쓰지 않는 물건을 마당에 내놓고 파는 행사—옮긴이)을 할 때 사들인 독특한 물건들의 활용법도 잘 알고 있다. 하지만 목수의 솜씨가 있는 것은 아니다. "이따금 평평한 상자가 필요하면 만들곤 해요. 하지만 세스가 와서 보고는, 나무를 더 쉽게 결합하는 방법을 가르쳐주지요." 그녀는 귀한 닭들을 보호할 꽤 멋들어진 닭장을 만든 적이 있다. 그러나 나무를 재료로 하는 거라면, 이미 만들어진 물건을 제대로 쓰는 쪽을 더 좋아한다.

그녀의 물건 쓰는 솜씨는 범상치 않다. 타샤의 세간은 모두 제구실을 한다는 점을 염두에 둬야 한다. 물건마다 쓰임새가 있고 존재하는 이유가 있다. 정말이지 별별 모양과 종류의 나무 상자, 불룩한 대형 통, 작은 나무통, 뜨는 도구, 양동이 등이 다양한 일에 쓰인다. 뿐만 아니라 이런저런 시기에 농사일을 하는 데 동원되는 모든 종류의 농기구류도 있다. 묘하게 생긴 부메랑 모양의 도구는 사슴 가죽을 늘리는 데 쓰인다. 삽도 여러 가지 있다. 나무로 만든 눈삽은 왁스만 제대로 먹이면 싸구려 알루미늄 삽보다 훨씬 효과적이다. 몇 가지 종류의 건초용 쇠스랑과 별별 모양의 갈퀴류, 곡식을 도리깨질하는 도구도 있다. "사실 흉한 엄니가 달린 모양이죠"라고 타샤도 인정한다. 그녀의 작은 어깨에 딱 맞아 쉽게 물을 질 수 있도록 만든 물지게도 여럿 갖추고 있다. 타샤의 집에는 6년간 수도관이 없었는데 "가축들은 영하의 날씨에 더 갈증을 느끼는 것 같더군요"라고 그녀는 말한다.

타샤는 유용한 쓰임새가 없는 장신구나 물건은 별로 좋아하지 않는다. 바구니가 야채를 부엌으로 옮기거나 빨래를 빨랫줄로 내가는 데 쓰이지 않는다면, 바구니를 짜느라 시간을 낭비하지 않을 것이다. 그녀는 늘 용도에 맞게 바구니를 사용하고, 따라서 바구니를 소중히 여긴다.

겨울이면 동물들을 먹일 곡식을 낡은 나무 썰매에 싣고 헛간으로 옮긴다.
안전하게 안으로 옮긴 곡물은 나무통에 담아 보관한다.
타샤가 좋아하는 통은 속이 빈 나무로 만든 것이다.

이야기를 더 하기에 앞서, 타샤가 바구니 짜기, 퀼트 만들기, 천 짜기 같은 작업을 '공예'라고 부르지 않는다는 것을 말해둬야겠다. 사실 그녀는 이 어휘를 몹시 싫어해서, 처음 이 책의 제목(이 책의 원제 Tasha Tudor's Heirloom Crafts를 직역하면 '타샤 튜더의 전통 공예품' 정도가 될 것이다—옮긴이)을 듣고는 법석을 떨었다. 타샤는 단호하게 말했다. "난 공예를 하는 게 아니에요." 나는 당황하면서 물었다. "그러면 당신이 하는 일들을 뭐라고 불러야 될까요?" 타샤는 분명한 어조로 잘라 말했다. "뭐든 맘에 드는 단어를 붙여도 좋지만, '공예'란 말만은 안 되겠어요." 우린 머리를 맞대고 문제의 수작업에 적합한 어휘를 궁리했지만, 한 단어도 딱 맞는 말을 찾을 수가 없었다. 결국 타샤도 '공예'란 말과 관련된 제목을 쓰는 데 동의했다.

타샤는 평생토록 바구니류에 감탄했다. 하지만 직접 바구니를 짜겠다고 작정한 것은 20년 전이었다. 그때 타샤는 웨인 런델과 아는 사이가 되었다. 그 이후 두 사람은 가까운 친구로 지내왔다. 웨인을 거리나 시장에서 만난다면, 몹시 수줍은 사람이라고 짐작하게 될 것이다. 하지만 그는 바구니 공예에 있어서는 무척 열정적인 사람이다. 타샤가 그의 작품에 워낙 따뜻한 마음을 보여서 둘은 소문날 정도로 잘 지낸다. 웨인은 이따금 버몬트까지 올라와서, 비슷한 부류인 친구와 함께 바구니를 만들고 지식을 나눠준다.

타샤는 제법 큰 짐을 담을 만한 바구니를 짠다. 타샤는 말한다. "물푸레나무가 잘 적셔졌어도, 결따라 쓸만한 바구니 살을 만드는 건 쉬운 일은 아니죠."

타샤는 새로운 기술을 익힐 때면, 언제나 맨 처음부터 시작한다. 웨인도 이런 철학을 지닌 사람이다. 따라서 바구니 짜기는 타샤가 가꾸는 검은 물푸레나무를 고르는 것부터 시작된다. 웨인은 "검은 물푸레나무는 북부 뉴잉글랜드에서 좋아하는 나무지만, 흰 물푸레나무도 똑같이 잘 짜집니다"라고 설명한다. 하지만 타샤는 전통적인 검은 물푸레나무 이외의 것으로 바구니를 짜라는 얘기는 들은 체도 하지 않는다.

최소한 키가 3미터쯤 되는 마디 없는 곧은 나무를 골라서 쓰러뜨린 다음, 나무 껍질을 벗겨낸다. 그런 다음 나무를 집 아래 있는 시냇물에 밤새 담가 둔다. 다음날 새벽 일찍 시냇가에 나가보면, 웨인이 큰 나무메로 나무를 두드리는 소리가 울려 퍼진다. 몇 해 전만 해도 타샤가 직접 망치질을 했지만, 그 일을 하고 난 밤이면 손이 너무 아파 염소젖을 짤 수가 없었다. 그래서 이제 망치질은 웨인에게 맡기고 있다.

히코리나무로 만드는 나무메의 모양은 짧은 야구 방망이와 비슷하다. 나무메로 나무를 가차없이 반복해서 두들기면, 외피가 벗겨져서 리본 모양으로 쭉쭉 벗겨진다. 그 리본 모양의 외피를 나무 깎을 때 앉는 받침대에 올려놓고 손질하면, 바구니의 살로 쓸 수 있는 두께가 된다. 하지만 바구니를 짤 나무 껍질을 얻으려면, 웨인이 물푸레나무를 펜 나이프로 쪼개서, 나무결에 따라 껍질을 길쭉하게 잘라내야 한다. 그런 다음 원하는 바구니의 모양에 맞춰 살들을 엮어서, 솜씨 있게 바구니를 짜나간다.

타샤의 바구니들은 나름의 쓰임새가 있다. 예를 들어 치즈 바구니는 안에 든 것이 공기를 쐴수 있도록 구멍이 나 있다. 저울에 걸린 바구니로는 차의 무게를 잰다.

타샤는 복잡한 작업을 좋아하는 편이라, 그녀가 만드는 바구니들은 크고 시간이 많이 필요한 모양이다. 그녀는 저녁이면 불가에 앉아서 며칠에 걸쳐 바구니를 짠다. 하지만 요란스런 모양은 아니다. 바구니마다 단순하고 고풍스런 멋이 배어 있다.

가족 중 바구니를 짜는 사람은 타샤만이 아니다. 손자인 윈슬로 역시 나무를 짜는 솜씨가 좋다. 윈슬로는 어리고 활동적인 성격이어서, 성기게 윗가지로 엮은 울타리 짜는 일을 더 좋아한다. 이 울타리는 현관 주변의 정원에 있다. 닭장 근처에 있는 꽃밭에 닭들이 못 들어가게 하려고 울타리를 친 것이다. 울타리는 어린 싹이 아직 나오지 않은 이른 봄, 사람들이 식물을 밟지 못하게 하는 구실도 한다. 울타리는 이처럼 쓰임새가 좋고, 보기에도 모양새가 좋다. 내 생각으로는 미국에서 윗가지 울타리를 쓰지 않는 이유가 늘 궁금하다. 영국에는 어느 집 정원에나 버들 울타리가 있다.

울타리 짜는 솜씨는 윗 세대부터 내려온 것이다. 타샤의 어머니는 180센티미터쯤 되는 울타리를 짜서, 마블헤드의 장미 정원에 둘러쳤다. 키 작은 나무들이 매사추세츠 해안가의 바람을 맞지 않도록 하기 위해서였을 것이다. 물론 여러 해가 지난 후 타샤는 메모를 남겨서, 그 비법을 손자에게 전수해주었다.

앵초 앞의 윗가지로 엮은 울타리는 닭들이 꽃을 쪼지 못하게 막아준다.
높이는 30센티미터만 되면 충분하다.

타샤네 단지에는 나무가 빽빽해서 바람막이 벽은 필요치 않다. 그저 사람들에게 주의를 주고 닭들이 근접 못하게 할 울타리면 족하다. 윈슬로가 만든 울타리는 30센티미터 높이로, 그 역할을 제대로 해낸다. 먼저 곧은 어린 가지 몇 개를 자른다. "울타리를 엮기에 좋은 단단한 가지는 나무들이 빽빽하고 화살처럼 곧게 솟은 숲에서 찾을 수 있답니다"라고 타샤는 설명한다. 가지의 두툼한 밑 부분을 50센티미터짜리 막대기로 잘라, 15센티미터 간격으로 박는다. 그런 다음 휘어지는 얇은 어린 가지를 기둥 앞 뒤로 엮는다. 타샤는 "윈슬로는 맞춤하게 잘 짜지요. 못도 안 쓴다니까요"라며 으스댄다. 울타리가 언제까지나 그대로는 아니겠지만, 6년째 잘 버티고 있다. 숲은 물결치는 꽃들에게 좋은 바람막이가 되고, 울타리는 여기저기 놓인 옹기 화분들 옆에서 근사해 보인다.

타샤의 집에서 테라스 쪽으로 비스듬히 경사진 정원에는 보는 사람을 숨 막히게 하는 여러 풍경이 있다. 머리 위로 아찔하게 뻗어 오른 장미, 하늘 높이 솟아서 그 그늘 밑에 있는 사람을 난쟁이처럼 보이게 만드는 디기탈리스, 어찌나 빼곡하고 향기롭게 피는지 타고 오른 담장조차 보이지 않는 스위트피. 이 작은 에덴 동산에는 부러워할 만한 게 정말 많다. 하지만 무엇보다 사람을 숨 막히게 만드는 이 정원의 미덕은, 정원 곳곳에 있는 어마어마하게 많은 토기 화분들이다.

화분은 정원의 분위기를 기막히게 살린다. 손으로 빚은 토기 화분의 양 옆으로 쏟아져내린 푸른 식물들을 보면 마음이 충만해진다. 미학적인 관점으로 볼 때 토기는 식물을 완성시키고, 멋진 질감과 색상을 가미해준다. 토기에 심은 식물은 유난히 잘 자라는 것 같다. 타샤는 토기에서 식물이 잘 자라는 것이 흙 속에 구멍이 많은 것과 상관있다고 주장한다.

테라스 담장 구석들과 정원의 곳곳에는 온갖 크기와 모양의 토기 화분들이 놓여 있다. 실제로 쓰이는 것들 외에도 화분 창고에서 안성맞춤한 식물을 기다리는 화분들도 있는데, 타샤는 19세기 영국 화분들을 유난히 좋아한다. 그녀의 소장품 중에는 소박하면서도 독특한 화분들이 있다. 나는 그렇게 알맞은 곳이 튀어나오고 멋진 곡선미를 보이는 화분들을 보지 못했다. 타샤가 유난히 배가 불룩 나온 화분들을 모은다는 사실을 고려하면 그것도 놀랄

가이 월프는 화분을 만들기 전에 석기 전문가였다. 그는 "원래는 주로 코발트로
장식했고 디자인은 깃펜으로 조심스럽게 그렸지요"라고 말한다.

일은 아니다. 왕성한 허브의 무성한 뿌리를 담으려면 그런 화분이 제격이니까. 하지만 화분의 윤곽선은 각기 다 다르고, 화분마다 독특한 특성을 지닌다. 주둥이가 없는 것도 있고, 주둥이가 약간 말린 모양도 있다. 곁에 어디서 빚어진 화분인지 당당하게 찍혀 있는 것들도 많다. 물과 손길이 많이 닿으면서 글자를 알아보기 힘들어지긴 했지만. 단순한 모양의 영국 화분 외에도 타샤는 질그릇으로 된 씨앗 그릇, 길쭉한 모양의 화분, 주둥이에 주름 장식이 있는 화분, 딸기색 화분을 소장하고 있다. 흙으로 만든 그릇들의 스타일과 모양은 제각각 다르다.

타샤가 모은 화분이 많긴 해도, 어느 시점이 되자 심을 식물이 화분 수보다 많게 되었다. 바로 그 무렵 타샤는 코네티컷주 리치필드 출신의 도공 가이 월프를 찾았다. 가이 월프는 웨일즈의 몇 군데 도예실에서 장인들에게 물레질을 배웠다. 도예와 더불어 영국의 민요도 배워서, 그의 공방에 들어서면, 곁에 놓인 손풍금이나 밴조, 양철 호루라기로 연주되는 흥겹고 화려한 민요들을 들을 수 있다.

가이가 빚는 토기는 알맞게 튀어나오고 멋진 곡선일 뿐만 아니라, 비바람에 잘 견디고 무거운 것을 담아도 끄떡없다. 가장 중요한 것은 그가 빚은 그릇은 뿌리가 숨을 쉬게 한다는 점이다. 그는 이렇게 말한다. "흙에 모래를 넣어서, 유리 입자가 떨어지게 만드는 거지요. 그런 다음 그릇을 굉장히 높은 온도에서 굽는 거예요. 하지만 요즘 대량 생산되는 화분은 틀에 손쉽게 담기도록 차진 흙을 사용하고 있어요. 그런 화분은 백만 개라도 만들 수 있

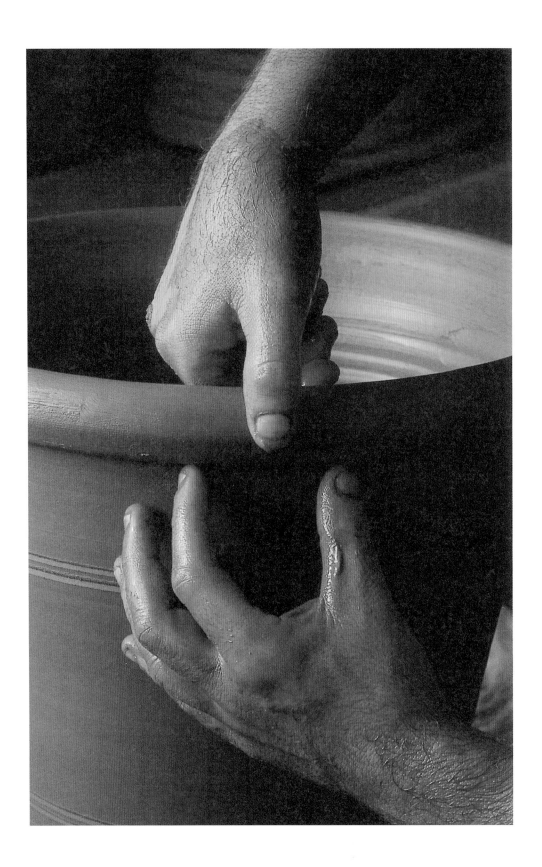

지만, 뿌리에는 치명적이지요."

가이가 물레질을 하는 모습을 보노라면 마음이 즐거워진다. 그는 온몸을 움직이며 물레질을 한다. 손의 관절로는 그릇의 바닥을 만들고, 손바닥으로는 그릇의 양면을 끌어올린다. 팔꿈치로는 그릇의 가운데 공간을 만든다. 그 사이 가루가 날리고, 물이 뚝뚝 떨어지고, 진흙이 튄다. 요즘 가이는 대부분의 시간을 화분을 만드는 데 할애하고 있다. 사실 그는 작년에도 2만 킬로그램 분량의 흙으로 그릇을 빚었다. 그는 내게 "하지만 그 정도는 약과지요. 아이삭 버튼은 은퇴하던 해에 매일 5백 킬로그램에 가까운 그릇을 만들었으니까요"라고 말한다. 가이는 그런 전설적인 영국 도공들만큼 그릇을 많이 빚지는 못하지만, 타샤가 높이 평가하는 것은 양이 아니라 작품의 가치이다. 가이가 만든 그릇은 각각 나름의 모양과 혼을 지니고 있다.

가이 월프가 빚는 화기의 입과 가는 선은, 골동품상들이
진품이라며 속였던 오래된 도기와 흡사하다. 이런 속임수를 막기 위해
가이 월프는 화기마다 이름과 날짜를 찍는다.

타샤와 가이 월프의 조상들은 범선을 중국에 보냈다. 가이는 설명한다.
"이 도자기들은 아이들이 그렸습니다. 초기 디자인들은 단순하고 정확했지만,
시간이 흐르고 인기가 좋아지면서 추상적인 디자인으로 변했지요."

그는 정원용 화분에 온 힘을 쏟기 전에는 주로 오지그릇(붉은 진흙으로 만들어 볕에 말리거나 약간 구운 다음, 오짓물을 입혀 다시 구운 질그릇—옮긴이)을 만들었다. 이 또한 타샤의 관심과 공통된다. 수많은 오지그릇에 밀가루, 콩, 강아지 비스킷, 크래커, 땅콩버터를 비롯한 온갖 맛있는 음식이 담겨 타샤의 찬장에 놓여 있다. 그릇에 간식이 담겨 있다면 손 닿는 곳 가까이에 놓여 있기도 하고. 그릇들은 갖가지 모양과 크기이며, 손잡이가 있는 것도 있고 없는 것도 있다. 뚜껑이 있는 것도 있고 없는 것도 있다. 타샤가 가장 아끼는 것은 1리터 들이의 버터 제조기로, 언제나 쓸 수 있게 부엌의 조리대에 놓여 있다.

가이의 설명에 따르면, 오래전 식민지에서는 오지그릇을 쓰지 못했다. 오지그릇은 공예품으로 간주되었기 때문이다. 그래서 미국의 오지그릇들은 원래는 영국에서 수입한 것들이었다. 독립 전쟁 후, 어디에나 도자기 제작소가 생겨났지만, 처음에는 뉴저지주의 사우스 앰보이에서 나는 연회색 흙을 사용했다. "그러니 옅은 회색의 오지그릇들은 시립 도자기 제작소에서 나온 것들이고, 짙은 색의 그릇들은 시골 공방에서 산지의 흙을 섞어서 만든 것들이지요." 가이는 물레에 흙덩이를 얹고, 물레를 돌리기 시작하면서 말한다.

타샤는 화분과 오지그릇 외에도 도자기 그릇 몇 세트를 갖고 있다. 그중

일부는 오후에 차를 마실 때마다 쓰인다. 타샤는 아무리 바쁜 일이 있더라도, 방금 어디 다녀오는 길이든 어디 갈 예정이든 티타임을 잊는 법이 없다.

갓 구운 스콘빵의 냄새가 집 안에 퍼지면 누구든 마음이 풀린다. 모두 쟁반 옮기는 일을 거든다. 스콘빵과 쿠키, 케이크가 담긴 쟁반을 들고 구불구불한 오솔길을 지나, 아래 테라스로 나간다. 테라스의 정자에는 등나무와 클레마티스가 만발해 있다. 한여름이면 소박한 나무 식탁과 의자들이 기다리고, 정원 구석구석에는 화분들이 놓여 있고 사방에는 수령초가 활짝 피어 있다. 누군가 일손을 거들면, 곧 식탁에 음식과 은 식기, 우아하게 접은 천 냅킨, 도자기 그릇들이 차려진다. 티타임은 보통 꽤 오래 지속된다. 한가롭게 보내는 이 시간을 타샤는 여유롭게 즐긴다. 차를 다 마신 후에는 상을 치우고, 빈 그릇을 부엌으로 옮긴다. "설거지를 거들까요?"라고 물으면, 설거지통 근처의 새집에서 앵무새 페글러 선장이 "좋소"라고 대답한다. 타샤와 똑같은 묘한 말투이다. 그러면 나는 컵들을 조심스럽게 구리 설거지통에 넣고 비누질을 하고 헹군 다음 행주로 닦아서, 찬장의 고리에 걸어놓는다. 그러면 컵들은 그곳에서 다음 티타임을 빛내려고 기다린다.

들판과 정원

허브·말린 꽃·아마

타샤가 만든 것들은 모두 그림에 등장한다. 손바느질한 드레스, 직접 짠 바구니, 마리오네트 인형까지 그녀의 삽화에 고스란히 살아 있다. 책 곳곳에는 염소와 손자손녀들, 수탉과 암탉을 비롯해 버터 제조기까지 그려져 있다. 타샤는 쉴 새 없이 아름다운 것들을 만들기 때문에 그릴 소재가 많다. 굳이 상상 속에서 떠올려서 그리지 않아도 된다. 환상적인 꽃 테두리와 책의 여백에 들어가는 화환 그림은 실물을 보고 그린다. "내가 장서표(자기 장서임을 표시하여 책에 붙이는 표—옮긴이)에 그릴 모델로 만든 화환을 꼭 봐야 해요. 사과와

장미꽃 봉오리와 열매들을 엮어서 얼마나 멋진데요." 타샤는 으스대며 말한다.

　　그녀는 소박한 모양부터 화려한 모양까지 온갖 크기의 꽃다발을 만든다. 가장 소박한 꽃다발은 집에 있는 모든 새집을 장식하는 미니어처 꽃다발이다. 새들이 꽃다발을 쪼면, 타샤는 매일 조심스레 새 꽃다발을 넣어준다. 전문 플로리스트들의 작품과 견줄 만한 화려한 꽃다발이 현관문을 당당

타샤의 카드를 장식하는 꽃 테두리는 다 화환을 보고 그린 것들이다.
이른 봄에는 앵초와 꽃을 피운 구근 식물들을 그림의 모델로 삼는다.
겨울에는 말린 참제비고깔, 밀짚꽃, 백일초, 작약, 허브 등을 소재로 삼는다.

하게 장식한다. 봄이면 타샤는 바이올렛과 다른 향기로운 꽃들을 묶고 향긋한 허브들을 덧붙여서 리본으로 묶는다. 운 좋은 친구들은 이런 꽃다발을 선물로 받는다. 계절이 깊어지면, 그녀는 데이지꽃으로 예쁜 화관을 만들어서, 한여름 파티에서 아이들이 왕관처럼 쓰게 한다.

여름에는 그림의 모델로 쓸 꽃을 찾기가 쉽다. 여름에 타샤는 하루 종일 잡초를 뽑고, 테라스의 과실수에 거름을 준다. 삽화를 염두에 두고 꽃을 심는 것은 아니지만, 일을 하는 중간에도 언제나 그림의 소재가 될 가능성이 있는 꽃봉오리를 찾느라 두리번거린다. 식물이 자라는 계절에는 그릴 만한 꽃들이 많아, 미처 그림을 그릴 시간이 부족할 정도다. 하지만 겨울에는 모델로 쓸 꽃들을 간수하는 것이 그리 쉽지 않다.

1월에도 타샤의 온실에서는 꽃들이 피어난다. 햇살이 듬뿍 들어서 제라늄은 1년 내내 피고, 최대한 오래 꽃을 볼 수 있게 고른 동백나무들은 꾸준히 꽃을 피운다. 하지만 그림의 테두리를 화려하게 그리려면, 더 많은 꽃이 필요하다. 그럴 때는 가끔 말린 꽃을 쓰기도 한다.

향수 어린 네잎클로버와 팬지, 장미꽃 봉오리를 『옥스포드 영어 구절 사전』에 끼우는 것 외에, 타샤는 말린 꽃은 별로 좋아하지 않는다. 왜 그러냐고 물으면, 그녀는 셰익스피어의 한 구절을 인용해서 대답한다. "5월의 새로운 환희 속에서 눈을 바라지 않듯, 크리스마스에 장미를 갈망하지 않는 다네." 타샤는 제철에 피는 꽃에 감탄한다. 식물의 살아 숨쉬는 모습을 그림에 담거나 꽃병에 꽂아 집 안 여기저기에 놓아두고 싶어 한다. 그러기 위해 모든 수단을 동원한다. 현관문에 걸린 대림절(크리스마스 전의 약 4주간—옮긴이) 화환은 상록수를 엮어 만들고, 크리스마스 화환은 회양목 가지를 엮어서 짙은 푸르름을 연출한다. 타샤는 양키이고 자연의 흐름을 좋아하는 사람이기에, 인위적인 것은 질색한다.

그녀는 말린 꽃을 만들기 위해 꽃을 가꾸지는 않는다. 하지만 어느 해인가 말린 꽃을 만들 요량으로, 정원에 밀짚꽃, 참제비고깔, 램스이어를 심었다. 타샤는 언제나 풍성하게 꽃을 가꾸기에 정원은 보기 좋았다. 말린 꽃을 얻기 위해 그녀는 꽃봉오리가 막 피려 할 때 꽃을 땄다. 가장 고운 색을 유지하려면 줄기가 가장 통통할 때 꽃을 따야 하기 때문이다. 그래야 마른 후에도 대가 반듯하다. 타샤는 꽃을 한 주먹씩 모아서, 라피아 잎으로 묶은 다음 따뜻한 부엌에 거꾸로 매달았다. 한동안 이 꽃들은 그녀의 자랑이고 기쁨이었다. 하지만 결국 그녀는 늘 똑같은 꽃이 머리 위에 매달려 있는 것을 보는 데 싫증이 났다. 원예면에서 보자면 타샤는 계속 바뀌는 정경을 선호한다.

크리스마스가 다가오자, 대부분의 드라이플라워를 꽃꽂이해서 친구들에게 보내버렸다. 하지만 일부는 그대로 남겨두어서 지금도 기둥에 매달려 바깥 풍경이 우울한 계절에 식기실을 화사하게 해준다.

기둥에는 말린 꽃만 걸려 있는 게 아니다. 키가 큰 손님이라면 식기장에 걸린 수십 가지 허브 묶음에 머리를 부딪칠 수도 있다. 타샤는 수프 국물을 낼 때 쉽게 손이 닿도록 식기장에 허브를 매달아둔다. 봄이 가까워질 무렵 이면 굳이 고개를 숙이지 않아도 된다. 그동안 여러 음식에 쓰여서 남은 허브가 많지 않으니까. 여름 무렵이면 허브 뭉치에 빈틈이 많이 생기고, 허브를 다시 채워야 된다. 그러면 타샤는 한 손에는 주방용 가위를 들고, 다른 손에는 아끼는 바구니를 들고 허브를 더 따러 나선다. 허브 정원은 언덕 꼭대기에 있고, 주변에는 서양양귀비가 흐드러지게 피어 있다. 언덕의 경사면에는 흙이 많지 않고 배수로가 잘 갖춰져 있어서, 타샤가 매일 쓰는 허브를 키우기에 안성맞춤이다. 사실 허브 대부분의 에센셜 오일은 허브가 적당하게 영양분을 지니고 있을 때 가장 진해진다. 원형 꽃밭을 벽돌길이 에워싸고 있고, 화분이 놓여 있고, 중앙에는 로즈마리 받침대가 있는 격식을 갖춘 타샤

온실에는 추운 계절에도 꽃이 많이 피지만, 실용성을 따져
타샤가 매일 쓰는 허브들을 가꾸는 곳으로도 이용된다. 여름이면 위쪽 테라스에는
부엌에서 멀지 않은 곳에 허브와 함께 딸기 화분들이 놓인다.

의 허브 정원은 부근에서 가장 말끔히 단장된 곳이다. 하긴 놀랄 것도 없다. 이곳 주인이 매일 가위를 들고 나와서, 윈터세이보리, 개사철쑥, 마요라나, 딜, 바질, 골파 등 음식 맛을 살려줄 허브를 자르니까. 그녀는 대부분 신선한 허브를 쓰지만, 남는 것은 앞으로 쓸 수 있게 보관한다.

타샤가 바구니를 들고 나설 때, 가장 많이 자르는 허브는 타임이다. "타임은 아무리 많아도 성이 차지 않는다니까."(허브의 한 종류인 thyme이 시간을 나타내는 time과 발음이 같은 것을 이용하여 타샤가 농담을 던지고 있다―옮긴이) 그녀는 내가 농담을 알아들었는지 확인하려고 힐끗 쳐다보며 중얼댄다. 그런 다음 타샤는 "무자비하게 싹둑 잘라서 말려야 좋아요"라고 고백한다. 얼마 지나지 않아 허브는 모두 수확해서 집으로 가져간다. 남은 줄기는 가지가 갈라져 저절로 풍성해진다.

실용적인 것을 좋아하는 성품을 타고난 타샤는, 수확한 허브는 모두 잘 활용한다. 샐비어는 단단한 치즈와 칠면조의 고명에 넣는다. 바질은 그녀가 유난히 자랑스러워하는 구운 콩 요리에 넣는다. 엄청난 양의 파슬리는 자르고 다져서 얼린 후 나중에 사용한다. 수프와 스튜에 넣는 월계수 잎은 큰 단지에 담겨 장 위에 놓여 있다. 하지만 대부분의 허브는 한 움큼씩 묶어 기둥에 매달아 말린다. 결국은 부엌에 매달린 채 사용되지만, 건조되는 곳은 다락방이나 온실의 기둥이다.

물론 우엉과 당근같이 뿌리를 먹는 허브는 얘기가 다르다. 그런 종류는 야채 건조기에서 손질된다. 타샤는 최신형 기계를 갖고 있지만, 그 기계는

거의 쓰이지 않는다. 손님은 장작 스토브에 놓인 커다란 사각 모양의 골동품 건조기를 자주 보게 된다. 구식 건조기가 마법 같은 일을 해내는 데는 한나절이 족히 걸린다. "그렇지만 결과는 대단하지요"라고 타샤는 자랑스럽게 말한다.

손님이 허브차를 청하면 타샤는 캐모마일, 녹양박하, 장미 꽃잎, 로즈힙 열매를 챙긴다. 동규자는 어느 포푸리보다 아름답고 향기롭다.

타샤가 수확하는 허브 중 일부는 음식에 쓰이고, 다른 것들은 차의 재료가 된다. 식사를 할 때 허브차를 마시지는 않는다. 식사를 할 때는 허브차 대신 상당히 진한 '훌륭한 홍차'를 낸다. 아이리시 브렉퍼스트는 타샤가 좋아하는 홍차다. 하지만 건강을 위해 평소에는 허브차를 자주 마신다.

말린 허브는 타샤가 연고나 크림을 만들 때도 제구실을 톡톡히 해낸다. 내가 알기로는 타샤는 화장품을 사는 일이 거의 없다. 가끔 예외적으로 품질 좋은 잉글리시 바이올렛 향수에 반하기는 하지만. 일반적으로 타샤는 직접 만든 크림과 연고를 선호한다. 그런 화장품들이 담긴 유리 단지와 약병들은 항상 욕실에 보기 좋게 놓여 있다.

타샤의 욕실은 안목이 높은 눈으로 봐도 멋진 장소이다. 한쪽 구석에는 놀랄 만치 장식적인 스태퍼드셔 변기가 놓여 있다. 변기에는 아주 튼튼해 보이는 사슬 당김줄이 있고, 경험 없는 손님들을 위해 너무 세게 줄을 당기지 말라는 경고문이 붙어 있다. 세면대 가까이에는 새장이 있고, 안에서는 금화조와 콩새가 지저귄다. 온 가족이 목욕을 해도 될 만큼 큰 구리 욕조가 한쪽 벽면을 차지하고 있다. 타샤는 "전 주인은 이것을 젖소들의 물통으로 썼지요"라고 말한다. 경대에는 타샤의 빗과 머리핀이 언제든 쓸 수 있게 가지런히 놓여 있다. 그녀가 가운과 잠옷을 벗어서 걸쳐놓는 의자도 있다. 검은 호두나무 장에 앉힌 프랑스산 도기 세면대에는 온갖 종류의 비누, 크림, 오일, 화장수가 있고, 위에는 거울이 걸려 있다.

타샤를 만나본 사람이라면 누구나 그녀가 허영 많은 사람이 아니라는 데 동의할 것이다. 그녀의 옷차림새는 언제나 단정하다. 목과 머리에 신중하게 색깔을 맞춘 스카프를 매긴 하지만 외모를 꾸미느라 시간을 쏟는 법이 없다. 그녀가 사용하는 크림과 오일은 주로 얼굴을 가꾸기 위한 용도가 아니라 피부를 달래기 위해 쓰인다. 하지만 타샤가 가끔 얼굴의 잡티를 없애기 위해 혈근초 연고를 쓴다는 것을 나는 알고 있다. 검은 호두나무 장에 앉힌 도기 세면대 위에는, 거친 피부를 부드럽게 해주는 금잔화 오일이 놓여 있다. 이 오일은 타샤가 키운 금잔화로 친구가 만들어준 것이다. 그 외에 장미 핸드크림 단지는 항상 손 닿는 곳에 있다.

핸드크림 만드는 법은 직접 개발한 게 아니라, 가까운 친구이자 허브 전문가인 로즈마리 글래드스타의 비법임을 타샤는 분명히 밝힌다. 로즈마리는 12년 전에 기본적인 제조법을 만들었고, 이후 줄곧 보완해오고 있다. 습기를 주는 촉매는 살구씨 오일이나 아몬드 오일 4분의 3컵, 코코넛 오일이나 코코아 버터 3분의 1컵, 라놀린 1티스푼, 잘게 간 밀랍 15그램 정도이다. 이 분량의 재료를 약한 불에서 한데 녹인 다음(타샤는 몇 분간 장작 스토브 옆에 붙어 앉아 있다), 상온에서 식힌다. 그 사이 장미수 3분의 2컵, 알로에 베라 젤 3분의 1컵, 로즈오일 한두 방울, 비타민 E 한 캡슐을 섞는다. 이 두 가지를 더해서, 걸쭉해질 때까지 잘 저어주면 핸드크림이 완성된다.

2월의 햇살이 허브가 든 약병과 향수들에 쏟아진다. 겨울에 갈라진 손을
치료하기 위해, 타샤는 알로에, 라놀린, 정원에서 딴 금잔화로 만든 로션을 쓴다.

로즈마리는 나래지치 연고의 제조법도 흔쾌히 알려주었다. 타샤는 하루 두 번 젖을 짜느라 염소의 젖꼭지가 거칠어지거나 갈라지면, 나래지치 연고를 발라준다. 이 연고의 효험을 보는 것은 염소만이 아니다. 코기들의 몸에 '뻣뻣한 자국'(피부에 생긴 거칠고 건조한 자국들. 개들은 여기를 깨물어서 더 악화시킨다)이 생기기 시작하면, 타샤는 나래지치 연고를 발라준다. 그녀는 여름 내내 정원에서 나래지치 잎을 수확해서, 한 뭉치씩 묶어 인형 극장에 매달아 말린다. 나래지치 연고가 필요하면, 그녀는 나래지치 잎 몇 개를 다져서 약간의 물을 부은 후 이중 냄비로 40분간 졸인다. 그런 다음 액을 걸러내서, 올리브 오일과 녹인 밀랍을 섞어 용기에 부은 후 하루 이틀쯤 아이스박스에 넣어 굳힌다. 연고가 녹았을 때 농도가 묽다 싶으면 밀랍을 더 넣고, 너무 뻑뻑하다 싶으면 올리브 오일을 더 넣는다. 타샤는 가끔 "우리 개들의 몸에는 벼룩이 없어요. 내가 밭에서 키운 마늘을, 짜는 기구로 으깨서 개 사료에 넣어주거든요. 개들이 새끼였을 때부터 마늘을 먹고 자란 덕분에 마늘 맛을 들였나 봐요"라고 뽐낸다.

물론 타샤의 정원에는 그저 꽃과 허브만 있는 게 아니다. 스위트피와 작약 꽃밭 사이에는 채소밭이 있다. 채소를 수확하는 덕분에 그녀가 '그랜드 오니언'이라고 부르는 동네 슈퍼마켓에 갈 일은 거의 없다. 게다가 어느 해

에는 검은 뉴잉글랜드 토양에서 품질 좋은 아마를 가꾼 적도 있었다. 타샤는 그 아마로 리넨을 짰다.

타샤는 직접 심은 아마씨에서 셔츠를 얻었다고 말하는데 그 말은 전혀 허풍이 아니다. 어느 해에 그녀는 아마를 심기로 했고, 수확한 아마로 실을 잣고 염색해서 리넨을 짰다. 그렇게 얻은 천으로 바느질해서 오라버니에게 줄 체크무늬 셔츠를 만들었다. 씨앗에서 셔츠가 되는 데 3년이 걸렸고, 그 과정에는 이상한 도구와 엄청난 조사가 필요했다. 아마에서 실을 뽑는 과정에 관해서는 난해한 용어들이 자주 튀어나온다. 타샤가 천 짜는 친구인 케이트 스미스와 아마에 대해 나누는 대화를 듣고 있자면, 마치 외국어로 말하는 것 같다.

아마 섬유는 '아마 벗기는 연장'이라는 무시무시한 도구로 길쭉한 대를 뭉갠 후,
삼 두드리는 막대로 때려서 껍질을 벗겨야 한다.

아마가 부드러워져서 비단결 같은 섬유가 남으면, 얇은 이가 달린 아마 빗으로
빗겨주어야 한다. 아마 빗은 사용하지 않을 때는 나무통에 안전하게 보관한다.

애초에 아마를 빽빽하게 심어야, 아마들이 서로 사이에 끼어서 줄기가 반듯하고 높이 잘 자랄 수 있다. "바람이 불면 고개를 숙이고 넘실대는 광경과 하늘색 꽃송이들이 정말 보기 좋았지요"라고 타샤는 회상한다. 수확할 무렵이 되면 아마는 1미터 가까이 자라고, 뿌리까지 모두 캐낸다. 줄기를 단으로 묶어서 말린 다음, 나무빗으로 빗어서 꼬투리를 벗겨낸다. 그러면 누군가 치맛단을 잡게 하고 타샤는 물속으로 들어가서, 아마 단을 담그고 돌로 눌러둔다. 아마는 닷새간 물에 젖은 후에도, 섬유 조직이 유연해지지 않기 때문에 줄기마다 비단 같은 부분을 깍지에서 비틀어 빼내야 한다. 그러려면 아마 벗기는 연장이 필요하다. 커다란 나무 턱처럼 작동하는 이 놀랍도록 원시적인 도구로 줄기가 뭉개질 때까지 두드린다. 그러면 '삼을 두들기는 막대'라고 불리는 기구로 짓이겨서 섬유 조직을 빼낸다. 마구 짓이긴 후, 마지막으로 섬유 조직이 떨어져 나오면, 쇠빗이라는 흉하게 생긴 빗으로 아마를 깔끔하고 반듯하게 훑어야 한다.

타샤가 물려받은 물레는 응접실에 버티고 있다. 언제든 짬이 날 때마다 물레질을 할 수 있도록 실패에 아마 뭉치가 걸려 있다. 하지만 삼을 두들기고 짓이기고 훑는 과정은 온종일이 소요되므로, 강한 어깨를 가진 사람의 도움이 필요하다. 그래서 이 일을 할 때는 케이트를 불러들인다. 반면 물레질은 상당히 여유로운 작업이고, 냄비가 끓기를 기다리면서도 잠깐씩 할 수 있는 일이다. 타샤는 종종 "대단히 긴장이 풀리는 일이고, 성취감이 크기도 해요"라고 말한다.

나는 물레질이 보기처럼 쉽지 않다는 사실을 알게 되었다. 내가 물레질은 준비부터 어렵다고 말하면, 타샤는 "실패를 잘 푸는 데는 기술이 필요한 법이죠"라고 위로해준다. 그 말을 그대로 받아들일 수밖에 없다. 실패가 술술 잘 돌아가고 실을 잣으려면 대단한 기술이 필요한 게 분명하니까. 물레질을 할 때는 의자에 앉아, 한 발을 디딤판 위에 놓는다. 한 손으로는 실패에 걸린 섬유를 잡아당기고, 다른 손으로는 돌아가는 얼레에서 실가락들을 뽑아낸다. 가끔 틀에 걸린 조롱박 물통에 손가락을 적셔서, 실가닥을 촉촉하게 한다. 내가 물레질을 해보려 애쓰면, 부엌에서 타샤가 외친다. "원래 실을 잣는 사람들은 침을 적시지만, 토바가 물을 더 좋아할 것 같아서 준비해놨어요." 물레질을 해서 실을 만드는 데는 엄청난 솜씨와 리듬 감각이 필요하다. 타샤가 물레질을 하면, 아마 섬유에서 완벽하게 매끈한 실이 줄줄 빠져나온다. 내가 만든 실에는 뭉친 곳과 너무 얇은 곳이 생겨서 타샤가 조심스럽게 손질해준다. 그래야 사람들이 그녀가 형편없는 실을 만들었다고 오해하지

타샤는 자주 말한다. "아마에서 실을 잣는 것도 중요하지만, 쭉 고른 실을 얻는
것은 더욱 중요하지요. 신발을 벗으면 곧 물레의 리듬에 익숙해져요".

않을 테니. 그녀가 거듭 주장하기로는, 물레질은 천천히 하는 게 비법이라고 한다. 타샤는 나를 위로하려고 말한다. "그래도 괜찮아요. 토바는 식물을 천으로 만드는 일보다 정원을 가꾸는 데 재능이 있는 사람이니까." 그 말이 맞을지도 모르겠다.

생활에 쓰이는 것들

유제품·비누와 양초·모직

타샤가 동물을 좋아하는 것은 단지 내 곳곳에서 드러난다. 사실 '코기 코티지'는 농장이라고도 말할 수 있다. 여태껏 그렇게 꽃이 많은 농장은 본 적이 없지만. 차를 몰고 올라가면, 염소들이 음메에에 울고, 닭들이 구구 소리를 낸다. 여러 가지 가금류가 내는 온갖 소리는 소란스럽기까지 하다.

단지는 보기에도 농장 같아 보이고, 소리도 농장 같고, 농장의 역할도 해낸다. 타샤의 작은 산꼭대기에서 만나는 모든 생물은 꼭 있어야 할 필요가 있어서 그곳에 있다. 가축들이 손님상에 올릴 먹거리를 주는 등 실질적으로는 쓰이지 않아도, 타샤는 창의력을 발휘해서 쓰임새를 만들어준다.

　예를 들어 닭이 공예와 아무 상관도 없다고 생각하는 사람들도 있을 것이다. 하지만 타샤는 이것이 괜한 의구심이라는 것을 쉽게 증명할 수 있다. 그녀는 조류를 무척 좋아하고, 그중에서도 닭을 가장 아끼는 것 같다. 무슨 이유든 만들어서 닭 몇 마리가 단지 안을 돌아다니게 한다. 타샤는 커스터드 크림과 장식품으로 쓸 달걀과 장난감에 붙일 깃털을 쓰고도 남을 만큼의 닭을 키운다.

　매년 조류가 더 필요하든 필요없든, 타샤는 희귀종을 취급하는 부화장에 연락해서, 새끼들을 보내달라고 부탁한다. 갓 부화된 밴텀 닭들은 유난스런 보살핌을 받는다. 그것들은 뒤영벌 한 크기로 도착해서, 비바람과 다른 불편한 요소로부터 보호를 받는다. 타샤는 먼저 이 새끼들의 우리에 스크린을 덮어둔다. 코기들이 새끼 새들을 보면 유혹을 참지 못하기 때문이다. 햇살이 쨍쨍하고 따뜻한 날이면 새끼들은 바깥으로 옮겨진다. 천둥이 치려 한다거나 바람이 세지려는 기미가 있으면, 타샤는 앞치마에 새끼들을 담아서 실내로 옮긴다. 새끼들이 비에 젖으면, 타샤는 조심스럽게 수건으로 깃털을 닦아준다. 저녁과 싸늘한 낮에는 뜨거운 물이 담긴 오지 항아리로 새들의 몸을 녹여준다. 타샤는 열을 내는 램프는 질색한다. 잘못 밀치면 화재가 날수

있기 때문이다.

마침내 새끼들이 자라서 자신을 지키게 되면, 필요할 경우 개들을 쫓기도 한다. 그래도 날이 저물어 어두워지기 전 타샤는 조류들을 우리로 들여보낸다. 타샤는 이 일을 직접 세심하게 한다. 다음날 수탉이 울면, 조류들은 다시 밖으로 풀려난다.

기니아 닭들은 멍청하게도 타샤의 방침을 거부하곤 한다. 타샤는 너구리 떼에게 기니아 닭들을 여러 마리 빼앗겼다. 손자인 윈슬로는 범인이 여우라고 주장하지만. 약탈자가 누구든 간에, 타샤는 소중한 가금류의 남은 부분을 챙겨서 잘 활용한다. 기니아 닭의 깃털은 부엉이 장난감의 깃털로 쓰이기도 했다. 또 타샤가 겨울에 몇 시간씩 할애해서 만드는 다른 장난감들의 장식이 되기도 한다.

이국적인 품종 외에 타샤는 단순한 '로드아일랜드 레드' 품종도 키운다. 마지막으로 헤아렸을 때 스물아홉 마리였다. 이것들은 달걀을 낳고, 타샤는 이 일을 중요하게 여긴다. "오늘 아침에는 암탉 우리에서 달걀을 아홉 개나

타샤가 공들여 지은 닭장에는, 다른 동물은 드나들지 못하는 닭 전용 입구 같은 기발한
장치들이 있다. 기니아 닭들의 빠진 깃털은 타샤가 만드는 장난감의 재료로 쓰인다.

거뒀어요." 가을이면 타샤는 의기양양하게 그렇게 말하곤 한다. 계절이 깊어지면, 수확하는 달걀의 개수는 줄어들지만, 타샤는 '코기 코티지'에서 난 것들을 인심 좋게 나눠준다. "내 닭들이 알을 워낙 잘 낳거든요. 몇십 개 나눠줄까요?" 그녀는 평소와 달리 급한 말투로 말한다. 위험한 길을 운전해서 올라오는 택배사 직원은 그런 선물을 받곤 한다. 길이 진창이 되는 계절에 찾아오는 용기 있는 사람들도 마찬가지다. 날씨가 안 좋을 때면, 타샤는 남는 달걀을 장미목 밑에 묻는다. 별난 일 같아 보이지만 그렇지 않다. 달걀이 깨지면, 나무들의 비료가 되니까.

타샤는 달걀을 커스터드 크림, 케이크, 마요네즈를 비롯한 여러 가지 음식에 사용한다. 콜레스테롤이 많다는 말은 귓등으로도 안 듣는다. 봄이면 남는 달걀로 장식품을 만들어서, 부활절 나무에 매단다. 물론 타샤의 나무는 교외 주택의 앞 잔디밭에 꾸며지는 엉성한 것들과는 비교가 되지 않는다. 이 화려한 치장을 위한 준비는 2월부터 시작된다. 타샤는 눈신을 신고 숲으로 가서 어린 자작나무를 캐온다. 캐온 나무는 따뜻한 온실로 옮겨지고, 물이 담긴 대형 수조에 담겨 몇 주일을 보낸다. 나무는 부활절에 때맞춰 잎이 돋기 시작한다. 타샤는 "어여쁜 작은 잎들이 아무 문제도 없이 알아서 나오기 시작하지요"라고 말한다. 한편 타샤는 남는 달걀의 맨 위와 바닥에 정성들여 구멍을 내서 내용물을 빼낸다. 그런 다음 자투리 색지를 데코파주(종이를 붙이는 그림 기법—옮긴이) 기법으로 달걀 표면에 붙여 장식한다. 그렇게 꾸민 달걀들 위에 호박단 리본을 붙여서, 자작나무 가지에 우아하게 매단다. 달걀

염소들은 젖을 짜기 전에 새끼를 낳아야 한다. 보통 새끼는 가을에 낳는다. 타샤는 걱정한다.
"내 버키는 겁쟁이인가 봐요. 암놈들이 버키의 매력에 끌리지 않는 걸 보면."

장식품에 별로 감탄하지 않는 사람이 있으면 타샤는 이렇게 말한다. "겉보기처럼 그렇게 쉬운 일이 아니에요. 달걀 껍질은 아주 약하잖아요. 잘못 움직였다간 산산조각이 난다니까요."

타샤는 갈색 달걀을 선호해서 부활절에 쓸 달걀을 물들이고 싶으면 이웃과 달걀을 맞바꾼다. "뉴잉글랜더들은 갈색 달걀을, 뉴요커들은 흰색을 더 좋아하지요"라고 말하면서. 그녀는 풀잎이나 허브를 달걀 껍질에 묶은 후, 천연 염료(보통은 양파 껍질을 쓴다)를 이용해서 달걀에 물을 들인다. 풀잎이나 허브를 벗겨내면, 윤곽선이 패턴으로 남는다. 물론 다른 알들도 각기 역할을 한다. 타샤는 오리알의("껍질이 가죽처럼 매끈하다니까요.") 속을 비우고, 옆면에 타원형의 구멍을 낸 다음, 껍질 안쪽에 하나의 장면을 연출한다. 이끼 위에 작은 목각 새를 얹히는 식으로. 그런 다음 리본을 달아서 부활절 나무에 매단다. 어떤 가금류가 집에 있느냐에 따라, 부활절 나무에는 공작, 비둘기, 카나리아, 밴텀 닭, 목걸이흰비둘기, 되새의 알이 걸린다.

　닭에 대한 이야기가 나오면 나는 입을 다물고 있어야 하지만, 화제가 염소로 옮겨가면 타샤와 나는 공통분모를 갖게 된다. 우리 둘 다 아주 오래전부터 염소를 키워왔기 때문에 암염소가 가을에 예정대로 교미하지 않거나, 봄에 새끼를 낳는 데 문제가 생기면 자주 의견을 나눈다. 나는 자넨 종을, 타샤는 누비아 종을 좋아한다는 점이 다르다.

　자넨 종이 예측 가능한 종류의 새끼를 낳는다는 이유로 때때로 타샤가 자넨 종을 무시한다는 생각이 들기도 한다. 해마다 나는 순백색의 새끼들을 얻는 반면에 그녀가 키우는 누비아 종은 더 다채로운 종류의 새끼를 낳는다. 타샤는 사슴과 비슷한 색깔과 반점을 가진 갈색 새끼를 얻으려고 애쓰는 눈치다. 매부리코에 귀가 아주 큰 타샤의 염소들은 어느 면으로 보나 사랑스럽다. 하지만 사냥 시즌이 되면 반점이 문제가 되기도 한다. 타샤가 내건 '사냥 금지'라는 표지판을 못 본 사냥꾼들이 염소를 사슴으로 착각하지 않도록, 가을이면 그녀는 염소 목에 큼직하고 화사한 분홍색 리본을 매준다. 유독 사슴과 비슷한 염소들에게는 리본을 여러 개 매준다. 목에 하나, 몸뚱이에 하나씩. 타샤는 그것들을 '배에 차는 밴드'라고 부른다.

타샤의 염소들은 다른 누비아 종보다 몸집이 크고, 제법 많은 양의 걸쭉한 젖을 낸다. 현재는 일곱 마리인데, 언제라도 젖을 짤 수 있는 것은 두세 마리 정도다. 타샤가 키우는 가축이 다 그렇듯, 염소들은 매혹적인 생활을 한다. 타샤는 염소들에게 신선한 사탕무와 알팔파(자주개자리―옮긴이) 건초를 많이 먹인다. 나래지치와 단풍잎을 말려서 염소들에게 한겨울의 즐거움을 안겨주기도 한다. 애플사이다를 만들 때면, 타샤는 몇 양동이 분량의 으깬 사과를 울타리 너머로 쏟는다. 그러면서 소리친다. "귀염둥이들, 숙녀분들… 비켜요!"

타샤는 매일 오전 일곱 시와 저녁 일곱 시에 염소젖을 짠다. 아침에 날씨가 좋으면 염소들은 나무가 많은 초지로 나가고, 해 질 녘이면 아늑한 우리로 돌아온다. 그 사이에 가랑비라도 올라치면, 타샤는 곧장 염소들을 실내로 들인다. 염소에게 죽음보다 끔찍한 운명은 털이 젖는 것이므로.

늘 염소젖이 남는 것은 두말하면 잔소리이고, 남는 염소젖으로는 치즈를 만든다. 코기들은 마늘과 세이지를 넉넉히 넣은 코티지 치즈(연하고 물렁물렁한 치즈―옮긴이)에 단단히 맛이 들렸다. 타샤는 염소젖 1갤런을 80도가 될 때까지 가열한 다음 22도가 될 때까지 식힌다. 거기에 응유효소를 넣어 밤새 그대로 둔다. 다음날 아침이 되면 염소젖은 알맞게 응유가 되어 있다. 타샤는 응유를 치즈 만들 때 쓰는 무명천에 걸러서 말린다. 그런 다음 거기에 크림, 마늘, 허브를 넣는다. 내가 "개들이 마늘을 싫어하지 않나요?"라고 물으면, 타샤는 "아뇨, 얼마나 좋아하는데요"라고 대답한다.

단단한 치즈 만들기는 더 까다롭다. 누군가 단단한 치즈 만드는 방법을
물어보면 타샤는 이렇게 대답한다. "온갖 종류의 치즈가 있지요. 체다가 가
장 만들기 어렵고요." 단단한 치즈를 만들려면 염소젖 2갤런이 필요하다. 그
것을 파란색 프랑스산 에나멜 주전자에 붓고, 22도가 될 때까지 끓인다. "알
루미늄 팬으로 하면 제대로 되지 않아요"라고 타샤는 말한다. 그런 다음 배
양균을 넣고 치즈를 굳힌다. 제법 굳으면, 이 응유를 치즈 칼로 자른다. 치즈
칼은 칼날이 여러 가지 다른 각도로 되어 있다. 그런 다음 자른 것들을 아주
오래 손으로 가만히 저어준다.

하루 두 번 염소들은 고분고분 받침대에 올라가서 젖을 짜게 해준다. 남은 염소젖으로
타샤는 아이스크림, 버터, 치즈를 만든다. 집에서 만든 버터는 반드시 틀로 찍는다.

보통은 숙련된 사람만이 응유를 그만 저어도 되는 때를 알 수 있다. 타샤는 이렇게 설명한다. "응유를 깨물었을 때 찍찍 소리를 내면 다 된 거예요. 응유를 한 입 베물어봐요, 내 말뜻을 알게 될 테니." 적당하게 저어진 응유는 식혀서 거른 다음, 소금을 넣고 허브로 맛을 낸다. 그 다음에는 이것들을 한 데 모아서 베에 싼 다음, 치즈 압축기에 넣고 25킬로그램쯤 되는 물건으로 하루 가량 눌러놓는다. 물기가 다 빠져나가면, 치즈는 2, 3주 동안 매일 앞뒤로 돌려주면서 말린다. 껍질이 단단해지면 마지막으로 왁스를 입혀서, 치즈 냉장고에 넣는다.

'코기 코티지'의 만찬은 언제나 갓 구운 비스킷으로 시작된다. 비스킷만 먹어도 맛이 훌륭하지만, 방금 만든 버터를 발라 먹으면 훨씬 맛이 좋아진다. 타샤는 서너 개의 버터 제조기를 갖고 있지만, 요즘은 소량용인 반 갤런들이 제조기를 선호한다. 제조기에 크림을 반쯤 채운 다음, 45분간 교반기를 아래위로 젓는다. 낟알이 팝콘 크기 정도가 되면, 내용물을 거름망에 쏟아서 버터밀크를 받아낸다. 이 버터를 큼직한 나무 그릇에 담아, 나무 주걱으로 습기가 모두 스며 나올 때까지 반복해서 물기를 빼준다.

이 다음이 예술성이 가미되는 부분이다. 그녀는 버터를 버터 틀에 찍지 않고 그냥 상에 내는 일은 상상도 못한다. 서너 개의 틀 중에서 골라 버터를 찍는데, 가장 좋아하는 모양은 백조 문양이다.

타샤는 뉴햄프셔에 살 때 양을 키운 적이 있지만, 곧 양 키우는 일을 포기했다. "양들을 없애야 했어요. 고집스럽게 바깥으로 나다니고, 뜨거운 아스팔트 길에 엎드리길 좋아해서요. 한 마리가 그런 짓을 하니 나머지가 우르르 따라 했지요. 양은 무리에 휩쓸리는 경향이 있는 동물이긴 해요."

버몬트에 날씨가 풀리면 앤디 라이스가 와서 마저리가 키우는 양들의 양털을 깎아준다.
타샤는 "아프지는 않지만, 양들은 모멸감 때문에 마음이 상하죠"라고 말한다.

타샤는 아이큐가 낮은 동물들이랑 씨름을 하느니, 아들 세스와 며느리 마저리에게서 '충분한 양털'을 얻는 쪽을 택했다. 그들 부부는 털이 긴 양털을 얻기 위해 롬니 양을 키웠다. "해마다 봄이면 말보로의 유명한 목동인 앤디 라이스가 와서 양털을 깎지요. 몇 마리 안 되는 우리 양들은 그의 손재주에 감히 반항도 못하죠. 앤디는 하루에 백 마리도 깎을 수 있는 사람이에요."

앤디는 양털 깎기뿐만 아니라 발굽 손질 같은 동물과 관련된 일들을 완벽하게 해낸다. 그의 숙련된 손놀림이 보기에는 수월해 보이지만, 사실 이억센 동물들을 다루기는 만만치 않을 것이다. 앤디는 양을 옆으로 눕히고 털깎는 가위로 민첩하게 털을 깎는다. 채 5분도 지나지 않아 양의 체중은 5킬로그램쯤 줄고 털이 하나도 남지 않게 된다.

타샤의 며느리인 마저리는 보풀이 많은 롬니 양에서 얻은 털로 따뜻한 담요를 짠다. 타샤는 그 털실로 양말 짜기를 좋아한다. 하지만 그러기 위해서는 먼저 양털을 실로 만들어야 한다. 털을 빨아서 빗처럼 생긴 주걱 한 쌍

새로 깎은 양털은 더러움과 기름기를 씻어낸 후에야 빗질할 수 있다.
양모를 빗에 대고 왔다갔다하면, 실을 짤 수 있는 상태가 된다.

으로 밀고 당기며 빗질한 다음, '로
랙'(작게 만 뭉치)으로 만든다. 그런 다
음 발로 밟는 물레를 설치하고 돌리기
시작한다.

타샤는 물레를 네 대 갖고 있고,
그중에 발로 밟는 물레는 1830년대에
만든 것으로 추정된다. 그녀는 "요즘
물레는 눈이 너무 아파요"라고 말한
다. 타샤는 발로 밟는 물레를 설치한
다음 커다란 바퀴를 돌리고 앞뒤로 오
가면서 양털을 당겨 꼰실을 만든 후,
물레를 뒤로 돌려서 실을 감는다. "온
종일 물레질을 할 때는 하루에 30킬로미터 이상 걷는 셈이라니까요." 타샤
는 양털을 밀고 당기면서 어깨 너머로 그렇게 말한다. 놀랍도록 쪽 고른 꼰
실이 쭉쭉 나온다.

타샤가 여러 가지 일을 할 때면 언제나 옆에서 도와주는 사람이 있다. 목
축과 관련된 일을 할 때는 앤디를 불러들이고, 양털을 물레질할 준비를 할

"하루에 몇 킬로미터를 걷는 셈이죠. 물레를 돌릴 때는 뒤로 걷지만."
타샤는 이 멋진 기계로 물레질하면서 양모를 실로 만든다.
시계 모양의 얼레는 실을 감아 실타래로 만들어준다.

때는 케이트가 와준다. 비누를 만들거나 양초를 만들 때는 오하이오에서 아멜리아 스타우퍼가 와준다. 타샤의 생활에서는 매사가 미리 착착 준비된다.

특히 비누를 만들기 위해서는 아주 오래전부터 준비가 시작된다. 비누를 만드는 때에 맞춰 오고 싶어하는 사람이 있으면, 타샤는 분명하게 말해 둔다. "이런 일들은 하룻밤 사이에 될 수가 없어요. 무엇보다 라드 기름부터 녹여야 되죠. 라드 기름을 녹이는 데만 일주일은 족히 걸리죠."

타샤는 아멜리아에게서 라드 기름을 얻는다. 아멜리아는 쓰고도 남을 만큼 많은 라드를 갖고 있다. 누군가 라드 기름을 남에게 얻는 이유를 물으

타샤가 만든 비누는 시간이 흐르면서 더욱 부드러워져서, 정원사용 비누로도 쓰일 수 있게 된다. 하지만 대부분의 비누는 잘라서 세탁할 때 사용한다.

면 타샤는 돼지 치는 시절은 끝났다고 설명해줄 것이다. "돼지는 정말 매력 있어요. 우리 증조부는 돼지 한 마리를 길들였는데, 마차에 태워서 읍내를 돌아다니시곤 했죠. 대단한 광경이었어요. 내 아이들도 햄프셔 돼지를 키운 적이 있어요. 우린 '마틴'이라고 이름을 지어주었고, 녀석은 집 주위를 마구 돌아다니곤 했죠. 새끼였을 때는 아주 잘 지냈는데, 다 크자 가구를 엉망으로 만들어버렸죠."

아멜리아가 올 때는, 남편 닉과 같이 와준다. 닉은 야외에서 불 피우는 데 명수다. 비누는 반드시 집 밖에서 만들어야 한다. 끓일 때 나오는 연기의 부식성이 몹시 강하기 때문이다. 타샤와 아멜리아는 서로 다른 비누 제조 법을 알고 있어서 두 가지 방법을 섞어서 비누를 만든다. 타샤는 스코틀랜 드 출신 유모가 알려준 방법을 쓰고, 아멜리아는 아미쉬 교도인 친구에게서 알아낸 방법을 쓴다. 그런 그들이 확실하게 서로 동의하는 대목이 하나 있

다. 잿물은 다루기 까다로운 물질이어서, 끓일 때 반드시 나무 숟가락과 단단한 냄비를 써야 된다는 점이다. 잿물 한 깡통에 끓는 물 네 컵을 냄비에 넣고 끓인다. 잿물은 천천히 저어주면서 식혀야 한다. 타샤는 잿물을 젓는 사람에게 조심하라고 주의를 준다.

그 사이, 물 한 컵에 설탕 3분의 1컵과 동 량의 붕사를 섞는다. 그런 다음 2.25킬로그

램 정도의 라드 기름을 녹여서, 미지근한 잿물에 아주 천천히 붓는다. 거기에 붕사 섞은 것과 암모니아 1숟가락, 벤조인 수지 1티스푼, 글리세린 2숟가락을 넣는다. 이것을 적어도 15분간 같은 방향으로 저어준다. 아멜리아는 "그 두 배가 걸릴 수도 있어요"라고 얼른 덧붙인다. 콩 수프 정도로 걸쭉하고, 코기의 털보다 밝은 갈색의 액체를 얻어야 한다. "농도가 적당한지 구분하는 방법은, 숟가락으로 떠서 냄비에 떨어뜨려보는 거지요. 액을 떨어뜨렸을 때,

아멜리아는 오하이오의 농장에서 돼지를 키워, 비누를 만들 라드 기름을 대준다.
그릇을 빨아먹는 데 익숙한 코기들이 얼씬대지 못하게 하면서, 두 여인은 잿물과
라드 기름이 담긴 냄비를 젓는다. 아멜리아는 "까다로운 과정이지요"라고 말한다.

연못에 빗방울이 떨어질 때처럼 수면에 파장이 생기면 맞춤한 거예요."

비누의 농도가 적당해지면, 유산지를 댄 상자에 부어서 가리개를 덮어 식힌다. 가리개를 씌우는 것은 욕심 사나운 코기들이 핥아먹고 복통을 앓지 않게 하기 위함이다. 비누는 부드러워서 칼이 들어갈 수 있을 때 네모나게 잘라서, 몇 달간 말린 후 사용한다.

사실 타샤가 만드는 비누는 세탁용이지, 세안용은 아니다. 물론 정원 일을 한 후에 이 비누로 씻으면 흙이 말끔히 씻긴다. 아멜리아는 "이 비누로는 험한 손을 깨끗이 씻을 수 있죠"라고 말하곤 한다. 하지만 타샤는 몸을 씻을 때는 더 순한 비누를 쓰고 싶어 한다. 대신 앞치마와 옥양목 원피스를 세탁할 때는 이 비누를 깎아 넣는다.

타샤는 집에서 키우는 동물과 관계된 물건들만 만들지는 않는다. 예컨대 양초의 경우, 밀랍으로 만든다. 타샤는 어린 시절, 어머니가 벌을 칠 때부터 쭉 벌을 좋아했다. "어머니에게는 남자 친구가 있었는데, 몹시 역한 향수를 뿌렸지요. 그가 정원의 어디에 있든 벌떼가 찾아와서 침을 쏘아댔어요. 물론 나는 내심 좋아했고요."

하지만 타샤는 아주 잠깐만 벌을 쳤다. 벌들이 춥고 긴 버몬트의 겨울을 날 만한 꿀을 댈 수단이 없어서였다. 또 몸무게가 45킬로그램도 안 되는 그

녀가 감당하기에는 모든 도구가 너무 무거웠다. "상자를 떨어뜨려서 벌떼를 성나게 할까봐 늘 두려워하며 살았지요." 요즘 타샤는 미시간에 있는 양봉장에 순수한 밀랍을 주문하고, 양초의 심지는 인근의 철물점에서 구입한다. 무슨 일을 할 때나 그렇듯 타샤는 미리 계획을 세워, 아멜리아가 양초 만드는 일을 도와주러 오는 날 준비를 다 해놓는다.

　마당에서 양초를 만드는 날이면, 손님들은 '코기 코티지'에 도착하기 전 멀리서부터 밀랍 냄새와 불 피우는 냄새를 맡는다. 보통은 따뜻하고 바람 없는 가을날을 잡아 양초를 만든다. 그런 날에는 닉이 몇 시간이고 계속 불을 땔 수 있기 때문이다. 누군가 어린 버드나무를 잘라오는 일을 맡고, 다른 사람들은 부엌에서 심지를 40센티미터 길이로 잘라 어린 가지에 단단하게 매듭을 짓느라 분주하다.

　양초를 만들 때도 그렇지만 그 외 다른 일을 할 때도 타샤는 언제나 일을

"양초를 만들기에 가장 맞춤한 때는 가을이에요. 날씨가 서늘해지면, 한 시간씩
뜨거운 냄비 위에 허리를 굽히고 있을 수 있으니까요." 타샤는 내내 서서 초를 만든다.
"치맛자락을 조심해요. 불길에 휩싸이면 큰일이니까."

크게 벌인다. 하루에 양초 500개를 만드는 게 목표여서, 아침나절 내내 초를 만들 준비를 한다. 우리는 일하면서 워크샵과 헛간 무도회를 벌일 계획을 세우고, 정원과 가축에 대한 이야기들을 주고받는다. 가끔 타샤는 숨을 고르면서 "정말 근사한 이야기가 아니었나요?"라고 말한다. 그리고는 그녀가 좋아하는 이야기를 다시 들려달라고 채근한다.

어린 가지에 500개의 심지가 10센티미터 간격으로 단단히 매어지면, 녹인 밀랍 냄비가 걸린 마당으로 옮겨진다. 한 번에 가지 하나를 담근 다음, 톱질 모탕(곡식이나 물건을 땅바닥에 쌓을 때 밑에 괴는 나무토막―옮긴이)에 걸어서 밀랍이 식어 굳게 한다.

처음 몇 번은 타샤가 손으로 심지를 매만져서 똑바로 세운다. 이 경우 매듭이 단단히 잘 매어져 있으면 일이 쉬워진다. 그런 식으로 돌아가면서 수십 번에 걸쳐 밀랍에 담갔다가 꺼내기를 반복해야 한다. 냄비에 담긴 밀랍의 수면에 불순물이 떠오르면, 계속해서 체로 걷어낸다. 차츰 초가 굵어져서, 2.5센티미터 굵기가 될 때까지 담금질을 계속한다. 이렇게 만든 초는 한 달간이나 식혀서 사용한다.

나는 얼른 촛불을 켜고 싶어서 타샤에게 "왜 그렇게 뜸을 들여야 되지요?"라

고 묻는다. 그러면 "그래야 더 잘 타니까"라는 대답이 돌아온다. 맞는 말이다. 밤이 긴 겨울이 되어 심지에 불을 붙이면 초가 환하게 타오른다. 그리고 잠자리에 드느라 촛불 끄는 기구로 불꽃을 누르면 초에서 천상의 향기 같은 냄새가 퍼진다.

밀랍 양초는 기막힌 향기를 내뿜는다. 심지를 다듬어주면 더욱더 향기롭다. 불을
제대로 밝히려면, 심지 다듬는 기구와 초 자르는 도구까지 필요한 것을 다 갖춰야 한다.
타샤는 아끼는 주머니칼로 양초를 다듬어서 촛대에 끼운다.

과거의 맛

병조림·장작 스토브 요리·애플사이다

타샤의 집의 중심은 역시 부엌이다. 집 한가운데 있어서 전략적인 지점이 되기도 하고, 집에 들어서자마자 처음 만나는 곳이기도 하다. 사람들은 특히 겨울이 되면 더 안쪽으로 가지 않고 부엌에 머문다. 장작을 때는 요리용 스토브에서 따뜻한 불꽃이 타오르기 때문이다. 사람들뿐 아니라 동물들까지 모두 부엌으로 모여든다. 타샤가 식재료를 섞고 국물을 졸이는 사이, 개들과 고양이들은 얻어먹을 게 있을까 해서 모여든다. 앵무새 '페글러 선장'은 구석에서 얼마 전에 들은 문장을 연습하고, 새장 속의 되새들은 멋들어지게 노

111

래를 불러댄다. 타샤의 부엌은 언제나 친구들로 복작거린다.

어느 모로 보나 '코기 코티지'에서 가장 흥미로운 곳은 부엌이다. 타샤가 꿈꾸는 음식을 척척 해내는 데 필요한 온갖 도구가 갖춰져 있다. 물론 전기 믹서니 토스터, 전자레인지 같은 종류의 도구를 말하는 게 아니다. 타샤는 이런 전자제품을 못마땅해 한다. 그녀는 골동품 조리 도구를 완벽하게 갖추 고 있다. 젓는 기구들, 여러 가지 체, 버터 제조기, 특별한 음식을 젓는 수저 들, 국자들, 틀들. 뿐만 아니라 곡식과 견과류, 씨앗, 크래커 같은 것을 담는 양철 그릇, 오지그릇, 단지들도 갖추고 있다. 천장에는 딜과 타임 같은 허브 묶음이 쓰기 좋게 매달려 있다. 기둥에 걸린 바구니에는 마늘, 파 같은 재료 가 담겨 있다. 찬장 위에는 믹싱볼, 여과기, 갖가지 크기와 모양의 체들이 놓 여 있다.

타샤의 외눈박이 고양이 '미누'는 체 밑에 들어가 웅크리고 앉아 있곤 한 다. 사실 미누는 기회 있을 때마다 밀가루 반죽에 올라가 앉는 바람에 타샤 는 화들짝 놀라곤 한다. 타샤는 반죽 위에 뾰족하고 무시무시한 물건을 얹어 서 이런 불상사를 막는다.

점심때 먹은 음식의 비법을 가르쳐달라고 청하면, 타샤는 집안에 내려 오는 요리책에 나오는 내용을 그대로 알려준다(타샤는 조리법을 '레시피*recipe*'로

부엌에는 벽면에 린다 앨런이 스텐실한 스칸디나비아 꽃무늬 띠벽지가 둘러 있고,
조리용 스토브가 놓여 있다. 타샤는 항상 아침나절을 이곳에서 보내면서 발을 올리고 책을 읽는다.

발음하지 않고 영수증이라는 뜻의 '리시트^receipt'로 발음한다. 사전을 찾아보면 이 발음이 흔히 쓰이지 않지만, 그렇게 읽는 것도 가능하기는 하다고 나와 있다). 이 큼직한 요리책은, 타샤의 집에서 소장하고 있는 각종 참고 서적 중에서도 가장 멋진 책으로 꼽힌다. 손으로 직접 적어서 줄로 묶은 이 책은 식탁이나 조리대 같은 편한 위치에 놓여 있다. 페이지마다 밀가루가 묻어 있고 음식을 만들면서 휘젓고 반죽을 민 방향에 따라 생긴 얼룩이 남아 있다. 가장 인기 있는 요리의 경우 손자국으로 많이 얼룩져 있다. 말하자면 이 책은 명시집과 비슷해서, 타샤의 외가에 내려오는 조리법의 지혜와 그녀가 오래 일하면서 만난 여러 요리사들의 비법이 적혀 있다. 타샤는 곳곳에 백지를 끼워놓고 이따금 필요한 내용을 기입한다. 지금쯤 그녀의 단골 요리들은 요리책 안에 빠짐없이 기록되어 있을 것이다.

타샤는 집안의 요리책을 늘 가까이 두지만, 내용을 참조하는 일은 드물다. 그녀는 좋아하는 요리들의 조리법을 죄다 외우고 있고, 찻숟가락이나 숟가락으로 분량을 재지도 않는다. 대신 취향대로 계량을 한다. 내가 보기에는 본능으로 하는 것 같다. 타샤가 요리를 시작하면, 얼마나 재빠르게 식재료를 섞고 야채를 다지는지, 요리책을 참고하고 말 틈도 없을 정도다. 하지만 그녀는 이 책을 잃어버릴까 봐 늘 노심초사한다.

타샤네 집안에서 내려오는 요리책은 맛좋은 음식들의 증거이다.
"요즘은 달걀을 많이 이용하는 조리법에 특히 몰두하고 있어요."
타샤는 쿠키 반죽을 만들면서 부엌에서 말한다.

타샤는 애플사이다를 만들거나 베를 짤 때 친구들을 불러 모아놓고는, 정오 직전에 사라졌다가 점심시간을 알리러 나타나곤 한다. 그녀는 코기들에게 코티지 치즈를 먹이러 간다고 둘러댄다. 하지만 타샤가 점심 식사를 차리느라 분주했다는 걸 다들 안다. 물론 점심상의 주요리는 몇 시간 전부터 불에서 졸여지고 있지만, 음식을 내기 직전에 장식을 할 시간이 필요하기 때문이다.

타샤는 요리 솜씨가 좋다는 칭찬을 인정하지만, 어디서 배웠는지에 대해서는 말하기를 피하는 경향이 있다. 아둔하게도 그녀에게 어떻게 요리를 배웠냐고 물어보면, 그녀는 입가에 장난꾸러기 같은 미소를 지으면서 "소꿉장난을 하면서 배우기 시작했지요"라고 대답한다. 얘기가 거기서 끝날 공산이 크지만, 언젠가 대부분의 요리는 오라버니들의 식사를 준비하면서 익혔다는 말을 들은 적이 있다. 오라버니들은 미각이 뛰어났을 뿐 아니라 식욕이 왕성한 이들이었다고 한다. 그녀는 가정교육을 잘 받았음이 분명하다. 워낙 솜씨가 뛰어나지만, 맛좋은 스프레드(빵이나 비스킷에 발라 먹는 음식—옮긴이)는 타샤 자신이 가장 자랑스러워하는 음식이다. 물론 음식을 더 먹겠다고 청하는 것이 칭찬 중의 으뜸 칭찬이다. 하지만 타샤에게 대놓고 음식 칭찬을 하면, 그녀는 모든 공을 신선한 재료 덕으로 돌린다. 그날 아침에 낳은 달걀,

병조림의 계절이 돌아오면 친구들은 즐거이 토마토를 들고 찾아온다. 타샤의 부엌에서는 어느 것 하나 버려지지 않는다. 잠시 후 허브를 넣은 토마토 소스 냄새가 부엌에 가득 퍼진다.

몇 시간 전에 짠 염소젖, 냄비가 끓을 때 뽑아온 채소, 정원에서 뜯어온 허브 덕분이라는 것이다. 타샤에게 정원이 해주는 최고 역할은 식탁을 칭찬받을 만한 식재료로 채워주는 것이다.

정원은 1년 중 제철 채소를 내는 몇 달 동안만 온전한 역할을 하기에, 타샤는 당근과 비트를 모래 상자에 묻어서 뿌리채소를 두는 지하실에 저장한다. 양파와 감자는 식기실에 보관하고, 늙은 호박과 애호박은 위층 구석에 간수한다. "호박류는 따뜻한 곳에 보관해야 하기 때문에, 집 안에서 우리와

같이 살지요." 타샤는 손님들을 방으로 안내하면서, 전혀 사과할 기미가 없는 말투로 설명한다. 그녀는 여름에 남은 식품을 병조림하고 얼리고 말리는 데도 긴 시간을 할애한다.

토마토와 배는 가장 많이 병조림하는 식품이다. 해마다 타샤는 토마토 소스를 50병씩이나 만든다. 토마토 껍질을 벗기고 으깨서 마늘, 설탕, 소금, 바질, 타임을 비롯한 허브들을 넣는다. 그녀는 "한 번씩 만들 때마다 각각 들어가는 게 달라지지요"라고 말한다. 그녀의 정원에서 나오는 토마토로도 충분하지만, 친구들은 집에서 키운 잘 익은 토마토를 줄기째 타샤의 집으로 가지고 온다.

배는 병조림하기에 앞서 과육이 적당히 물렁해질 때까지 익혀야 한다. 배가 나무에 달린 채로는 물렁해질 시간이 부족하므로, 타샤는 덜 익은 배를 따서 상자에 담아 위층에 둔다. 손님들은 밤에 자러 갈 때면 미로 같은 과일 상자들 사이를 빠져나가야 한다.

배가 딱딱한 상태에서 약간 말랑해지고 입에 침이 고이는 향기를 뿜으면, 타샤는 배의 껍질을 벗겨 주전자에 담는다. 소금과 설탕으로 시럽을 만들어서, 끓는 시럽을 배 위에 쏟아 20분간 시럽이 배이도록 그대로 둔다. 이것을 약간 식혀서, 배와 시럽을 단지에 담아 봉하면 병조림이 완성된다.

뉴잉글랜드 사람들이 흔히 그렇듯 타샤도 베리류를 좋아하고, 열매 한 개도 버리는 것을 아까워한다. 코기들도 비슷한 취향이 생겼는지, 먹을 수 있는 거리에 있는 베리는 깨끗이 먹어치운다. 그래도 라즈베리 파이와 딸기 잼에 넣을 베리는 남으니 그나마 다행이다. 욕심 사나운 녀석들의 약탈을 피한 블루베리는 얼리거나 말렸다가 그녀의 맛좋기로 유명한 머핀에 쓰인다.

타샤는 뭐든 제대로 쓰며, 식재료를 한쪽이라도 버리기를 꺼려해서, 사과는 말리고 콩과 옥수수, 브로콜리, 리마콩은 얼려서 보관한다. 장작 스토브에 올려놓고 쓰는 골동품 기구에 넣어 옥수수도 말린다. 장작 스토브는 바깥 날씨에 상관 없이 언제나 달궈져 있다.

타샤는 어떤 음식이든 장작 스토브로 조리하면 더 맛이 좋아진다고 주장한다. "사실 같은 조리법을 써서 정확히 똑같은 방법으로 준비한 음식도, 어디서 조리하느냐에 따라서 맛이 완전히 달라지지요. 한 집안에서 자라는 아이들과 비슷해요. 모두 한 부모에게서 태어나지만 다르게 자라지 않나요?" 그녀는 장작 스토브를 자주 쓰기 때문에 온도를 알맞게 잘 맞춘다. "장작 난로들은 굉장히 독특해요. 뜨거운 부분과 서늘한 부분을 파악해서 잘 맞춰 써야 된다니까요. 보기보다 까다롭지요." 솔직히 말해 보기에도 간단하지 않다. 타샤가 아니면 누구도 이 까다로운 무쇠를 건드릴 엄두도 못 낸다.

운이 좋고 한겨울에 험한 길을 운전해서 찾아갈 용기가 있는 사람이라면, 그녀의 집에 도착한 후 개방형 난로에서 불꽃이 튀는 광경을 보게 된다. 난로 쇠줄에 달린 냄비에서는 수프가 끓고 있다. 내 견해로는 그렇게 끓인 수프가 장작을 때는 무쇠 난로에서 끓인 것보다 맛이 좋은 것 같다. 겨울의 힘든 여정 끝이라 식욕이 만찬이어서 그런지도 모르겠다.

난로에는 집을 지을 때 붙박이로 넣은 벽돌 오븐이 있고, 타샤는 종종 그 오븐에 빵이나 콩을 굽는다. 먼저 숲에서 주워온 잔가지로 불을 피우고, 깜부기가 다 탄 후에야 재를 긁어낸다. 그런 다음에는 벽돌이 약간 식을 때까지 기다렸다가 구우려는 것을 안에 넣는다. "우선 안에 밀가루를 뿌려보죠.

천을 잘 짤뿐 아니라 뛰어난 요리사인 케이트 스미스는 개방형 난로의
뜨거운 석탄더미를 헤치고 오븐을 설치한다. 오븐에 파이를 넣고 뚜껑을 닫는다.
한 시간쯤 지나면 파이는 먹음직스럽게 구워진다.

반사 오븐에는 문이 달려 있어서, 재료가 천천히 구워지는 과정을 지켜볼 수 있다.
타샤는 코기들이 달려들기 전에 그릇에 기름을 받아낸다.

밀가루가 타면 벽돌이 아직 너무 뜨거운 거예요." 보통은 맛좋은 것들을 연이어 구워낸다. 벽돌 오븐은 이틀쯤은 빵을 구울 수 있을 만큼 뜨겁기 때문이다.

타샤가 구운 빵은 가히 전설적이다. 그녀는 열여섯 살 때, '댄버리 페어'에 빵을 출품해서 처음으로 상을 받았다. 타샤는 "나이 많은 부인들과 경쟁해서 이겼기에 얼마나 어깨가 으쓱했는지"라며 아직도 뽐낸다. 타샤는 반죽을 할 때면 사람들에게 다른 일을 시킨다. 하지만 나는 그녀가 반죽을 밀고 치대서 빵덩어리 모양으로 만드는 장면을 한두 번 본 적이 있다. 그녀는 대리석 상판이 달린 조리대에서 번개 치듯 빠른 손동작으로 반죽을 한다. 한 가지 반죽이 끝나면 대리석 상판을 빡빡 문질러 닦고 밀가루를 솔솔 뿌린다.

어느 해인가 타샤는 밀을 직접 재배하려고 시도했다. 씨앗에서 빵을 굽는 데 이르는 전 과정을 경험하고 싶어서였다. 버몬트의 기후에도 잘 자랄 수 있는 특별한 밀 종자를 구해서, 봄에 씨를 뿌리고 직접 타작을 했다. 진공청소기의 흡입구를 이용해서 겨를 까불렀다. 타샤는 직접 농사지어 만든 빵이 유난히 맛좋았다고 주장하고, 나도 그랬을 거라고 믿는다. 하지만 어떤 밀을 쓰든 타샤의 빵은 언제나 맛있다. 우리가 그런 말을 하면 타샤는 빵을 구울 때마다 밀을 갈아서 쓰는 덕분이라고 말할 것이다. 그렇지만 맛의 비결은 아마 허브에 있는 것 같다.

타샤는 주방과 개방형 난로에서만 음식을 만드는 게 아니다. 세게 내리치거나 휘휘 젓거나 재료가 튀는 일을 할 때면, 덜 복잡한 곳에 나가서 일하

기를 좋아한다. 특히 애플사이다를 짤 때는 헛간에서 멀지 않은 테라스에 나가서 일을 한다.

애플사이다를 짜는 일은 매년 가을마다 대단히 기대되는 행사이다. 타샤는 애플사이다를 짜는 날이 되기 한참 전에 필요한 기계를 창고에서 꺼내놓는다. 타샤의 집 구석구석에는 특별한 용도로 쓰이는 기계가 숨겨져 있다. 때가 되면 그 기계들을 밖으로 내와서 사용한다. 사이다를 짜는 기계도 그중 하나이다. 단철 장치 몇 가지와 깔때기 모양의 장치, 널조각을 댄 나무 양동이로 이루어진 기계는 일 년의 대부분을 헛간에서 보낸다. 비로소 가을이 오면 거미줄을 털어내고, 기계의 부분들을 조립한다. 크랭크를 돌리는 일은 타샤의 손자 윈슬로가 맡는다. 키가 크며 공손하고 울림 깊은 목소리를 가진 윈슬로는 팔 힘도 세다. 그는 이웃 과수원에서 로완, 맥킨토시, 레드딜리셔스 사과가 담긴 통들을 운반해온다. 사과를 으깨고 누르면, 밑의 나무 블록으로 즙이 흘러내린다. 이 과정이 계속 반복되는 사이, 친구들은 사과 껍질을 비료더미에 갖다 버린다. 갤런들이 단지 수십 개에 받은 애플사이다는 몇 주일간 식탁에 올려지고, 운 좋은 친지들에게 선물로 준다. 정작 타샤는 애플사이다를 거의 마시지 않는다. 그녀는 이렇게 설명한다. "어릴 때 애플사이다가 가득 든 통이 지하실에 있었는데, 기나긴 겨울 동안 식사 때마다 마시느라 물렸나 봐요."

여러 명절 중에서도 타샤는 크리스마스를 가장 좋아한다. 그녀의 요리 솜씨가 빛을 발하는 날 역시 크리스마스다. 마침내 개방형 난로 앞에 설치한 '깡통 키친'에 칠면조를 구울 구실이 생긴다. '반사 오븐'이라고도 알려진 이 도구는 곡선형 표면과 꼬챙이, 크랭크로 구성되어 있다. 거위나 칠면조에 속을 채우고 다리를 몸통에 묶은 다음, 허브 버터를 발라서 꼬챙이에 끼워 오븐에 걸고, 빙빙 돌려가며 5시간쯤 굽는다. 그 사이 코기들과 고양이들은 얼씬도 못하게 한다. 어느새 집에는 군침 도는 냄새가 가득 퍼진다.

칠면조 구이도 대단하지만, 타샤가 크리스마스 상차림에서 가장 좋아하는 일은 주요리가 아니라 디저트를 만드는 일이다. 그녀는 해마다 다른 디저트를 준비해서 모두를 기쁘게 해준다. 모인 사람들이 먹고도 남을 만큼의 과일 파이와 거꾸로 뒤집은 케이크가 준비된다. 정찬을 마치면 캔디가 나온다.

크리스마스 트리에는 종이로 장식해서 리본을 묶은 원뿔형 봉지들이 잔뜩 걸린다. 봉지마다 집에서 만든 간식이 가득 담겨 있고, 해마다 타샤는 그것들을 크리스마스가 되기 훨씬 전에 준비한다. 그녀는 체리봉봉 사탕, 초콜릿 페퍼민트, 태피(설탕, 버터, 땅콩을 섞어 만든 사탕—옮긴이)를 만든다. 또 퍼지(설탕, 버터, 우유, 초콜릿으로 만든 물렁한 캔디—옮긴이), 프랄린(아몬드, 호두 등을 넣은 사탕 과자—옮긴이), 캐러멜, 온갖 모양과 맛을 가진 쿠키도 준비한다. 타샤는 뭐든 대충하는 법이 없다.

애플사이다를 짤 때는 젊은 친구들과 친척들이 기꺼이 일손을 돕지만,
타샤는 크랭크를 직접 돌리겠다고 고집을 부린다. "나는 손자만큼 힘이 세다니까요."
그녀는 압축기를 누르면서 그렇게 말한다.

화가에게는 생강 과자를 장식하는 일이 즐겁기만 하다. 타샤는 종이 주머니에
아이싱을 채우고, 주머니의 끝을 잘라서 정확하게 토핑하며 장식한다.

　상상할 수 있겠지만, 타샤가 만든 크리스마스 트리는 눈부신 작품이다. 하지만 원뿔형 봉지, 양초, 예쁜 달걀만 거는 게 아니다. 생강 과자를 큼직하게 구워서 설탕을 입혀 장식하고, 리본을 매서 크리스마스 트리에 매단다. 이 독특한 쿠키는 먹지는 못하지만(타샤는 "생강 과자는 딱딱해야 크리스마스 시즌 내내 매달려 있을 수가 있거든요"라고 조심스럽게 말한다) 설탕으로 장식한 모양은 멋지다. 언젠가 린든 대통령의 딸이 이 장식품들을 보고, 가족 트리에 장식할 수 있도록 백악관에 몇 개 보내달라고 부탁한 적이 있었다. 물론 타샤는 부탁을 들어 주었다.

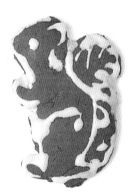

의복과 실

염색·베틀질·리넨

타샤의 생활은 계절에 좌우되고, 모든 일에는 알맞은 때가 있다. 예를 들어 가을이 되면 버몬트 사람들은 본능적으로 애플사이다 짜는 기구를 꺼내 먼지를 털고, 뿌리채소 저장소를 치우고, 야채를 담은 바구니들을 챙긴다. 9월에 찾아가면 감자밭에서 흙을 파헤치며 열심히 감자를 캐는 타샤를 만나게 된다. 아니면 서리 피해를 입기 전에 추수한 것들을 식기실에 저장하고 있거나. 가을이 되면 타샤의 머릿속은 온통 먹거리에 대한 생각뿐이다. 하지만 가을이 저물 무렵의 화창한 날이면, 타샤는 케이트 스미스에게 전화해서, 들

판의 미역취가 한창이 되려 한다고 말한다. 그녀는 다급하게 말한다. "미역취들이 잘라달라고 야단이에요. 스티브 데이비는 언제라도 낫을 들고 도착할 거예요. 탐이 염색할 수 있게 삼발이를 설치해놓았고, 나는 얼른 시작하고 싶어 안달이 나네요." 그 말이면 된다. 케이트는 한창 때의 염색용 식물을 따는 것을 좋아한다. 그래서 얼마 후로 날을 잡고 서둘러 타샤의 집에 온다.

케이트는 대단한 명성을 지닌 천 짜는 사람이다. 플레인필드에 있는 그녀의 헛간에는 어마어마한 자카드식 직조기(프랑스인 자카드가 18세기에 발명한 천 짜는 기계—옮긴이)가 자리잡고 있다. 그녀는 놀랄 정도로 복잡한 문양으로 담요를 짠다. 케이트는 천 짜기에 있어 예술적인 부분을 더 좋아하긴 하지만, 양치기부터 물레질까지, 아마를 키우는 일부터 리넨보를 짜는 일에 이르기까지 전 과정에 익숙하다. 타샤가 집에 없을 때면, 케이트는 자주 집을 봐준다. 타샤가 돌아와보면, 그녀가 베틀에 앉아서 직접 짠 듯한 기다란 천이 발견되곤 한다. 케이트는 타샤의 헛간에 자기 베틀을 한두 대 들여놓고, 심심할 때면 천을 짠다.

타샤에게 가을은 갑자기 오지 않는다. 가을맞이에 앞서 여러 가지를 준비한다. 양털은 여러 달 전에 깎아놓는데 전통적으로 더위가 시작되기 전인 봄에 깎아둔다. 양털은 빗질하고, 물레질을 한 다음, 타샤가 만든 비누로 빨아둔다. 양털은 기름기가 완전히 제거될 때까지 빨아야 한다. 미역취의 색깔이 살아나기 시작하면, 타샤는 염색을 준비하기 위해 실타래에 매염제(섬유에 직접 물들지 못하는 물감을 섬유에 물들 수 있도록 해주는 물질—옮긴이)를 처리하느라 양모 450그램당 명반 85그램과 주석영(베이킹파우더의 성분—옮긴이) 28그램을 넣고 한 시간 동안 끓인다. 주석영은 섬유를 유연하게 한다. 그렇게 준비된 양모는 축축한 수건에 묶어서, 케이트가 올 때까지 사흘간 말려둔다. 케이트가 차도를 올라올 무렵에는 양모만 준비되어 기다리는 게 아니라 미역취 채취도 이미 끝나 있다. 미역취는 타샤의 초지에서 환영받는 꽃이다. 데이지와 층층이 부채꽃이 지고 한참 후에 화사하게 피어난다. 타샤네 미역취는 타샤의 키보다 사뭇 높은 곳까지 자라고, 카나리아 색의 꽃을 피운다. 지천으로 피어서 타샤가 몇 바구니를 베어도 아직 많이 남아 있다.

염색을 하려면, 막 피기 시작할 무렵의 꽃을 따는 게 가장 좋다. 타샤는 늘 그런 상태의 꽃을 얻는 것은 아니지만 최선을 다한다. 가장 고운 색을 내기 위해, 꽃에서 이슬이 막 마른 아침나절에 스티브를 보내 꽃을 베게 한다. 스티브는 꽃줄기를 다 자르지만, 사실 염색에 필요한 것은 꽃송이뿐이다. 줄기와 잎은 부드럽고 맑은 노란색을 얻는 데 방해가 될 수도 있기 때문이다.

미역취꽃을 세 바구니 따놓으면, 염색을 시작할 준비가 끝난다. 양모는 색을 들이기에 앞서서 기름기가 완전히 제거되어야 한다. "기름기가 남아 있으면 색이 곱게 드는 데 방해가 되거든요." 케이트가 일러준다. 기름기를 제거하기 위해 타샤는 미리 큰 나무 욕조에 며칠간 양모 실을 담가둔다. 그 동안 어정대며 시간을 낭비하지 않으려고 케이트는 삼발이를 세워놓고 불을 피워, 미역취를 황동 주전자에서 끓인다. 그 사이 타샤는 양모를 헹군다. 케이트는 꽃과 양모를 주전자에 넣고, 한 시간 동안 끓인다. 케이트와 타샤가 막대기로 실을 건져내기 시작할 무렵이면, 실은 예쁜 노란색으로 물들어 있다.

타샤는 미역취를 이용해서 다른 색을 물들이기도 한다. 예를 들면, 가끔 양모를 미역취로 염색한 다음, 인디고(남색 염료―옮긴이)로 물들여서 풍부한

타샤의 집에 도착하면 가장 먼저 손님을 반겨주는 초원은 여러 얼굴을 지녔다.
층층이부채꽃으로 시작해서, 한여름이면 데이지가 군락을 이룬다.
가을이면 미역취가 한창이고, 그때가 되면 스티브 데이비가 낫을 들고 찾아온다.

양모를 염색하기 전에 매염 성분을 말끔히 씻어내야 한다.
그러기 위해 타샤는 큰 욕조 두 개를 준비해서, 집에서 만든 비누를 푼다.
염색할 사람들은 팔을 걷어붙이고 실을 빤다.

초록색으로 만든다. 그렇지만 남색으로 물들이기 위해서 인디고만 쓰는 경우가 더 많다. 타샤는 인디고로 얻은 남색을 자랑스러워한다. 여러 해 전, 염료를 많이 구해두었기에, 아직도 제법 많이 남아 있다. 하지만 염료가 많이 남은 더 큰 이유는 아마도 인디고가 독특한 용액에서만 녹기 때문일 것이다. 염색하기 몇 주일 전, 타샤는 찾아온 사람들에게 소변을 모아달라고 부탁한다. "마저리의 아들들이 즐겁게 동참해주고, 소변은 헛간에 모아놓지요. 통행로에서 바람이 부는 쪽이 거기거든요. 염색을 하려면 20갤런이 필요한데, 제대로 하려면 약간 발효되어야 해요. 하지만 그건 어렵지 않은 일이죠. 일주일만 지나면, 소변이 아주 잘 익거든요." 염색할 시간이 되면, 소변에 인디고를 녹인다. 수면에 거품이 부글부글 생기면, 염료로 쓸 준비가 끝난 셈이다. 양모를 몇 분간 담그고 나서 초록색이 감돌면 실을 꺼낸다. 튀지 않도록 천천히. 바로 여기서 드라마 같은 변화가 일어난다. "마법이 일어나는 것 같다니까요!" 타샤는 흥분하며 말한다. 양모가 공기를 접하는 순간 산화되면서 갑자기 실이 파란색으로 변하기 때문이다. 염료에 담갔다 꺼내기를 반복하면 색이 점점 짙어진다. 실을 10분간 염료통에 넣었다가 10분간 공기와 접촉하기를 대여섯 번 거듭하면, 타샤가 원하던 코발트블루 색을 얻게 된다. 버몬트 사람들이 보기에는 너무 밝은 색이지만, 타샤는 코발트블루와 흰색으로 다양한 문양의 담요를 많이 짰다.

타샤는 인디고 염료를 구입하면서, 코치닐 염료도 450그램당 10달러에 많이 사들였다. 그녀는 자신의 선견지명을 자랑한다. "가격이 가파르게 오

타샤와 케이트는 삼발이를 세우고 냄비를 걸어서 여러 가지 색으로 염색을 한다.
코치닐 염료로는 타샤의 속치마감을 빨갛게 물들인다.
타샤는 같은 냄비에 실타래를 반복해서 담근다.

를 것 같더라고요. 지금은 450그램에 100달러까지 올랐으니, 이런 미친 가격에 사지 않아도 되어 얼마나 기분이 좋은지." 코치닐 가루는 붉은색을 내는 열대 곤충의 몸으로 만들어지는데, 이 연지벌레가 희귀해져서 염료의 값이 천정부지로 올랐다. 이 염료는 아주 선명한 빨간색을 내는데, 타샤는 유난히 이 색을 좋아한다.

사실 코치닐 염료가 내는 빨간색은 타샤가 전통적으로 '빳빳한 멋진 페티코트'를 만드는 데 쓰는 색상이어서, 여러 타래의 실을 동시에 염색한다. 또 속옷의 색감을 더 화사하게 하기 위해 주석을 착색료로 쓰기도 한다. "주석은 기막히게 환한 색을 만들어내지요. 하지만 독성이 워낙 강해서, 반려동물들이 걱정스러워요. 물론 욕조에 뚜껑을 단단히 덮어두긴 하죠."

냄비가 끓는 사이, 타샤와 케이트는 천연 재료로 염색할 준비도 한다. 케이트는 염색에 쓰려고 목서초를 키운다. "양모 450그램에 초록색 목서초 반 바구니 분량이면 제대로 물이 들지요." 타샤는 직접 농사지은 양파 껍질로도 염색을 할 수 있다. 양파 껍질은 양모를 황동 같은 노랑으로 물들인다.

버몬트의 혹독한 날씨 탓에 타샤는 숲에서 필요한 식물들을 다 키울 수가 없어서, 그 외의 염료들은 먼 곳에서 구한다. 그녀는 고개를 저으면서 '북부에서 염색하는 이들은 확실히 어려운 점이 많아요'라고 말한다. 케이트는 남부에서 꼭두서니를 구해다 쓴다. 북부 뉴잉글랜드 지방에서는 꼭두서니가 색을 우려 쓸 만큼 뿌리를 내리지 못하는 탓이다. 파키스탄과 미얀마가 원산지로 갈색을 내는 아선약수란 나무 역시 구입해서 써야 한다.

가까운 곳에서는 뉴욕주 북부에 사는 신사가 재료를 대준다. 그는 겨울이면 타샤에게 알팔파 건초를 갖다준다. 올 때마다 갓 수확한 검은 호두도 함께 가져온다. 타샤는 파이 한쪽으로 보답한다. 검은 호두를 써서 양모를 짙은 갈색으로 염색할 때면 착색료가 필요치 않지만, 타샤와 케이트는 쇠로 된 주전자에 염료를 준비한다. 주전자의 녹이 용액에 녹아서 고정액 역할을 해주기를 기대하기 때문이다. "우리가 사용하는 모든 염료는 양파 껍질을 제외하면 색이 유지되지요. 시간이 흘러도 색이 엷어지지 않아요." 천연 재료로 염색하는 것에 대해 물으면 케이트는 그렇게 설명한다. "대부분의 식물에서는 염료가 나오지만, 빛이 바래지 않는 것은 드물어요."

양모를 염료통에 담근 후 몇 주일간, 타샤네 현관에는 화사한 실타래들이 당당하게 내걸려서 건조된다. 손님들은 그 광경에 감탄한다. 타샤는 말한다. "건조시킨 다음 실을 죄다 세탁하지요. 빛이 바래지 않도록 제일 옅은 색부터 빨아야 해요. 모두 완벽하게 물들었다고 말하면 얼마나 기분이 좋은지."

타샤네 현관에 내걸린 실타래들은 한 폭의 그림 같다.
왼쪽부터 시작해서 미역취, 미역취와 인디고, 꼭두서니, 코치닐, 커치,
인디고로 물들인 실이다.

양모를 몇 차례나 염색약에 담그는가에 따라서 연파랑부터 진한 감색까지
다양한 파란색이 나온다. 타샤는 담요들, 특히 자카드 직물을 짤 때는
흰색과 파란색을 섞는다.

　물들인 실타래들이 햇빛과 물을 견디고 나면, 비로소 옷감으로 짜일 준비가 끝난다. 운이 좋아서 타샤에게 자고 가라는 초대를 받은 사람은, 손님 방 몇 개 중에서 방을 고르게 된다. 나는 아래층의 움푹 들어간 곳에 있는 방을 가장 좋아한다. 부엌의 난로에서 가까운 이 방에는 침대 옆에 낡은 대형 베틀이 있다. 이 베틀 말고도 아래층의 여러 방에는 여섯 대의 베틀이 더 있다. 타샤의 것은 세 대뿐이고, 나머지는 베틀을 들여놓을 공간이 없는 친구들의 것이다. 하지만 보기 좋으라고 들여놓은 베틀은 한 대도 없다. 모두 실

난로 가까이 놓인 베틀로는 아들들과 손자들의 셔츠를 만들 소박한 체크무늬 모직을 짠다.
물론 남자들은 입을 옷이 많지만 "이런 셔츠는 수십 년 입어도 끄떡없지요"라고
타샤는 말한다.

이 걸려 있고, 다양한 단계의 작업이 진행 중이다. "여러 베틀이 동시에 작동되고 있어요. 일요일마다 베 짜기에 시간을 쏟아야 하는데 아직은 그러지 못하고 지내요." 타샤는 자주 그런 말을 하면서 '조만간 천이 모두 완성될 텐데요, 뭐'라는 나의 위로를 받고 싶어 한다.

　　타샤의 집에는 여기저기 설치된 커다란 베틀들 외에, 헛간에도 베틀들이 있다. 이 베틀들은 따뜻한 계절에 주로 쓰는 것들이다. 타샤는 자투리 시간에 짬짬이 베를 짤 수 있도록 아끼는 베틀을 가까이 두고 싶어 한다. 스토브에서 냄비가 끓는 사이, 머릿속에 멋진 아이디어가 떠오를 때면 타샤는 신발을 벗고 베틀 앞에 앉아, 양말을 신은 발을 디딤판에 놓는다. 하루가 저물 무렵, 디딤판 달각대는 소리와 씨실을 내리는 틀 소리가 계속 들리기도 한다.

　　"실을 준비하는 과정에 비하면, 베 짜는 일은 번개 치듯 금방 이루어지지요." 누군가 천 짜기가 지루하냐고 물으면 타샤는 그렇게 대답한다. 그녀는 예술가이

기에, 섬유를 디자인하는 어려운 일을 반긴다. 타샤는 내게 "나는 단색을 좋아하지만, 남자 아이들은 체크무늬 셔츠를 좋아하지요"라고 말한다. 디자인을 골라야 하는 때가 오면, 타샤는 베틀 가까이에 놓인 낡은 패턴집을 펼치지만 사실 직접 패턴을 만드는 경우가 더 많다. 그녀는 "난 2 더하기 2는 못해도, 패턴의 도안은 제대로 그릴 줄 알아요"라고 말한다.

타샤의 도안이란 종이에 'X' 표시를 격자 무늬로 잔뜩 그려놓은 것을 말한다. 타샤가 천 짜기에 돌입하면, 이 도안을 참조하면서 어느 색이 잉아(베틀의 날실을 한 칸씩 걸러서 끌어 올리도록 맨 굵은 실—옮긴이)를 지나야 하는지 알

타샤는 씨실을 날실 몇 올 위로 건너뛰게 짜서 불룩한 모양을 내는 데 익숙하지만,
그녀의 취향과 잘 맞지는 않는다. 타샤는 무늬가 너무 어지럽다고 말한다.
타샤는 복잡한 체크무늬를 시도하기도 하지만, 단순한 모직을 더 좋아한다.

게 된다. 타샤가 도안을 참조해서 북(베틀에 딸린 기구의 하나—옮긴이)을 앞뒤로 움직이면, 시간이 지나 도안은 낡게 되고 천은 차츰 길어진다. 이 도안은 천을 짜는 동안이면 타샤에게 집안의 요리책만큼이나 중요해진다. 디자인이 결정되면 베틀에 날실을 걸어야 한다. 베틀에 실 거는 일은 천 짜는 친구 여러 명의 솜씨가 동원되어야 하는 일이다. 모두들 흔쾌히 모여서 타샤가 혼자 하기에는 어려운 일을 재빨리 해낸다. 타샤는 이런 모임을 정말 좋아한다. 그녀는 집안 구석구석에 사람들을 모아놓고는, 입이 벌어지는 훌륭한 식사로 그들의 노고에 보답한다. 그 사이 준비 작업은 계속되고 그 일이 끝나면 신나는 헛간 무도회가 열린다.

　한편 실패는 분주하게 움직인다. 케이트는 이 실패를 '북'이라 부른다. 실패 수십 개가 대단한 규모의 날실 판에 실을 공급하기 때문에, 나무못처럼 생긴 대에서 15에서 20미터나 되는 날실이 빙빙 돌아간다. 내가 이 과정을 경이롭다고 표현할 때마다 케이트는 "단순함에 그 아름다움이 있지요"라고 말한다. 알맞은 색의 실이 앞뒤로 움직이며 적절한 길이로 감겨야 될 뿐 아니라, 이 날실을 판에서 빼서 베틀에 걸 때는 제자리를 지켜야 한다. 타샤는 걱정하는 내게, 화사한 색의 실로 묶어놓은 십자표 덕분에 실들이 순서를 지킬 수 있다고 안심시킨다. 하지만 정말 조심해야 해요. 이 십자표가 없어지면, 몹시 난처한 일이 벌어지니까." 물론 타샤는 그런 일을 당해본 적이 없다. 준비된 실은 뒤엉키지 않고 그대로 베틀로 옮겨진다. 타샤는 종종 천 가닥이 넘는 날실을 다루기도 한다. 하지만 언제든 실이 엉기는 사고가 생길 수 있고, 그때가 짜릿한 대목이기도 하다.

타샤는 케이트를 만나기 전에는, 실을 한 가닥씩 걸었다. "하지만 케이트가 18세기식 지름길을 가르쳐주었지요. 대여섯 가닥이 동시에 잉아를 지나가는 방법이에요. 시간과 수고가 정말 절약되지요."

타샤는 한자리에 너무 오래 앉아 있었다 싶으면, 엉덩이가 펑퍼짐해지게 생겼다고 익살을 부린다. 그녀는 펑퍼짐해진 엉덩이를 '베 짜는 여인의 궁둥이'라고 부른다. 누군가 심부름을 해줄 테니 일어나지 말라고 말하면, 타샤는 "난 돌아다녀야 해요. 너무 오래 앉아 있으면 베 짜는 여인의 궁둥이가 되고 말 테니까"라고 응수한다.

사실 헛간의 커다란 베틀로 천을 짜려면, 어마어마한 체력이 필요하다. 베 짜는 일은 어느 모로 보나 온몸을 움직이는 작업이다. 베를 짜는 사람은 디딤판에 체중 전체를 싣고, 상체를 바쁘게 움직여 북을 밀었다 당기면서 140센티미터나 되는 날실의 폭을 재빠르게 오가야 한다. 80대 노인이 이런 일을 하는 게 무리가 아니냐고 묻는 사람이 있으면, 타샤는 "나는 오래전에 이미 베를 짤 만한 힘을 길렀기 때문에 지금은 몸에 아무런 무리도 되지 않아요"라고 대답한다.

난로 옆에 놓인 작은 베틀은 단순하지만 많은 일을 척척 해낸다. 틀에는 셔츠를 만들 모직이 11미터나 걸려 있다. 하지만 타샤가 좋아하는 베틀은 아래층 손님방에 있는 외팔보 모델로, 침대를 제외하면 방에서 어떤 가구보다 넓은 공간을 차지하는 기계다. "나는 이 베틀에 대해서는 자랑을 멈출 수가 없어요. 이 베틀의 주인이 죽을 때까지 20년이나 기다린 후에야 손에 넣을 수 있었거든요." 발판이며 북이며 완벽한 상태로 타샤에게 남겨졌다. 직물 공예가들 중에는 이 베틀을 샘내는 사람이 많다. 타샤는 이렇게 아쉬워한다. "이런 구식 헛간용 베틀은 요즘 통 보기 힘들지요. 모양이 얼마나 흉한지 옛날 사람들은 쪼개서 불쏘시개로 썼다고 해요. 뉴잉글랜드에서는 베틀의 나무로 닭장을 만들어서 사용하기도 했어요."

손님방에 있는 베틀로는 14미터나 되는 리넨을 짜고, 이 천은 주로 타샤의 속치마를 만드는 데 쓰인다. 타샤가 리넨을 손으로 짠다는 사실에 모두들 의구심을 갖고, 공예품을 직접 만드는 사람들까지도 놀란다. 직조를 하는 사

헛간의 베틀에는 천 가닥이 넘는 날실이 걸린다.
타샤는 "늘 분필로 정확한 숫자를 옆에 써두지만, 리넨을 짜려면 워낙 시간이 걸려서
숫자가 지워져버리지요"라고 말한다. 근처의 테이블에는 손에 들어올 만큼
작은 미니어처 베틀이 놓여 있다. "아마 베틀의 견본이었을 거예요."

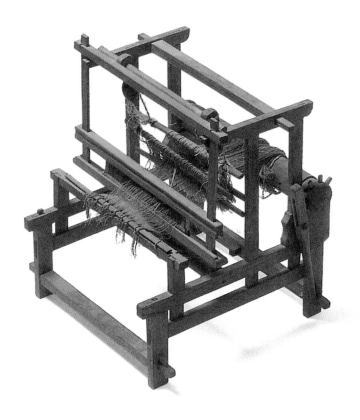

람들도 리넨은 짜기 힘든 천으로 악명 높다고 말한다. 케이트는 이렇게 설명한다. "리넨은 천이 워낙 제멋대로예요. 날씨에 따라서 늘어지기도 하고, 원래 모양대로 되돌아가려 하질 않아요. 정말 까다롭지요." 타샤는 아무렇지도 않은 듯 차분하게 말한다. "나는 리넨 이불보를 깔고 자요. 리넨 속옷을 입고요. 리넨의 감촉이 좋아서 그래요." 그녀는 가장 까다로운 천을 14미터나 짜는 것이 과연 분별력 있는 일인지 의심하는 사람들에게 그렇게 말한다.

그녀는 아마를 키워서 수확하고 염색한 후 천을 짜서 오라버니의 셔츠를 만든 경험이 많다. 그래서 섬유를 길들이는 법을 잘 안다. 그녀가 짠 천은 반듯하고 결이 고와서, 완성된 천의 감촉은 마치 비단 같다. 하지만 아무리 숙련된 솜씨라 해도 그 과정은 더디기 짝이 없다. 타샤도 이 사실은 인정한다. "천이 완성되면 세탁해서 널어 말리지요. 그때가 가장 자랑스러운 순간이에요."

한편 타샤가 속치마의 겉면에 쓰는 빨간 모직은 헛간에 있는 베틀에서 비교적 빨리 완성된다. "한 시간에 1미터가량 짤 수도 있어요"라고 타샤는 말한다. 천이 완성되면 그녀는 천들을 모아서 사이에 양털을 넣어 누빈다. "얼마나 따뜻한지 몰라요. 정말 믿을 만하다니까요." 타샤는 기나긴 버몬트의 겨울을 어떻게 견디느냐는 질문을 받으면, 누빔 속치마 덕분에 잘 지낸다고 대답한다. "제 몫을 톡톡히 해내죠. 기온이 내려가면 겹겹이 껴입으면 되고요."

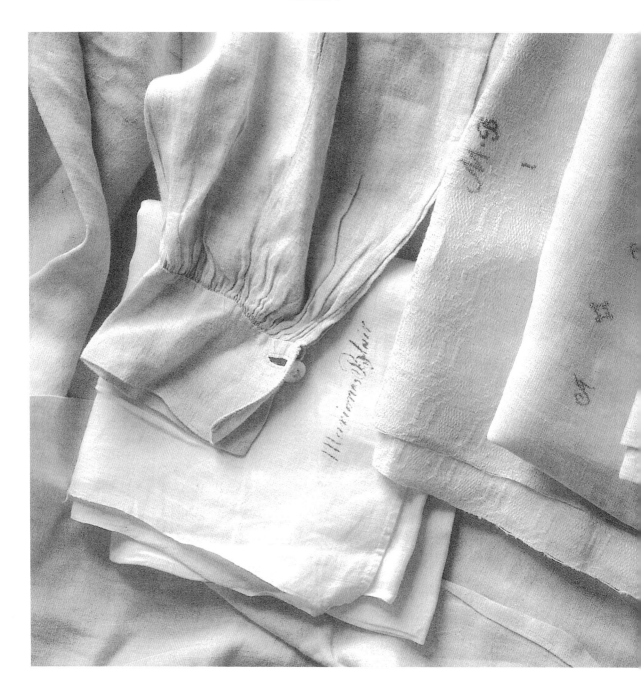

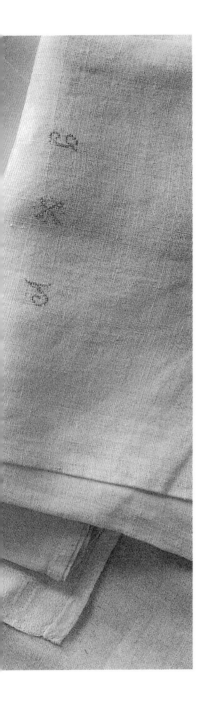

리넨의 미덕은 시간이 흐르면서 질감이 더 보드라워지는 데 있다.
케이트는 "아마는 염료를 흡수하지는 않지만, 세월이 흐르면서
색이 깊어지지요"라고 설명한다. 오래된 리넨 옷에는 오크 몰식자로
베를 짠 이의 이름이 표시되어 있다.

바느질

퀼팅·레이스·손바느질

타샤는 여러 가지 공예 중에서도 저녁에 불가에 조용히 앉아서 할 수 있는 일을 좋아한다. "그림은 낮의 햇빛으로만 그릴 수 있으니까요." 그녀는 해가 지면 붓을 내려놓고, 대신 바늘을 잡는 경우가 많다.

바느질의 미덕은 바느질하는 사람의 기술 외에 몇 가지 도구만 있으면 된다는 점이다. 잘 드는 가위와 바늘, 색색의 실(타샤는 베아트릭스 포터의 『글로스터의 재봉사』에 나오는 주인공을 따라 실을 '꼬는 것'이라 부르기도 한다), 바늘을 문지를 밀랍, 핀 그릇, 줄자를 가지고 타샤는 저녁의 일을 시작한다.

타샤는 실과 바늘을 챙길 때마다, 그녀의 머리글자가 새겨진 금색 골무를 낀다. "양갓집 규수라면 누구나 열여덟 살이 되는 생일에 금색 골무를 받았지요." 타샤는 내가 관습을 모를 때마다 어처구니없다는 말투로 설명해준다. "어머니가 골무를 많이 쓰셔서, 맨 윗부분에 구멍이 뚫렸어요."

타샤는 틈만 나면 여러 가지를 바느질한다. 어떤 것은 장기간에 걸친 일감이다. 그녀는 내게 단호한 말투로 "세상을 떠나기 전에 퀼트를 마무리해야 될 텐데…"라고 말한다. 언제 이 퀼트(158쪽에 나오는 타샤가 바느질 중인 퀼트를 말한다―옮긴이)를 시작했는지 타샤 본인도 잘 모르지만, 조각을 잇기 시작한 지 10년은 확실히 넘었다. "이 패턴은 '양키의 자존심'이라고 불려요. 그러니 내가 만들기에 안성맞춤이다 싶었지요. 이제 거의 다 완성된 상태라고 말할 수 있어서 기뻐요."

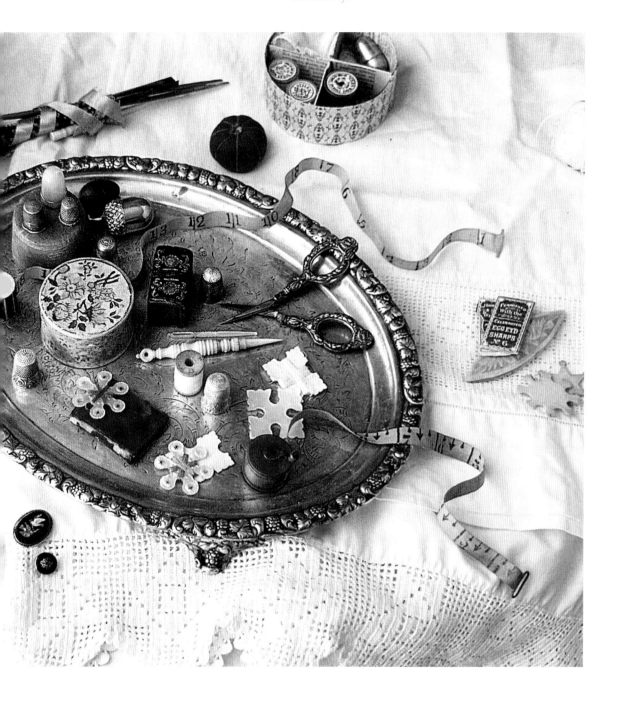

타샤의 반짇고리에는 레이스에 넣는 리본, 수예용 가위, 실패, 골무, 바늘꾸러미, 줄자,
증조모에게 물려받은 섬세한 단추들, 구멍 내는 바늘이 담겨 있다.

코기 코티지는 낮에는 아늑하지만, 타샤는 밤이 되면 집을 '구근이 만족할 만큼 춥게'하기를
좋아한다. 리넨과 모직 사이에 양모를 넣어서 만든 퀼트가 몸을 따뜻하게 해준다.

타샤가 진행 중인 바느질거리들은 주인이 다시 관심을 기울여주기를 기다리고 있다. 하지만 매일매일 할 일이 너무도 많다. 타샤는 급히 손봐야 되는 일부터 처리한다. 그녀는 낡은 천을 새로 손질하는 일을 가장 좋아한다. 타샤는 치맛자락을 올리고 자랑스럽게 말한다. "이것 좀 봐요. 털 양말을 꿰매니 몇 해 겨울을 더 신겠어요." 물론 이 양말은 가을부터 봄까지만 신는다. 따뜻해져서 땅에 옥수수를 심을 때가 되면, 타샤는 맨발로 다니니까.

그녀는 양말의 올이 풀리지 않도록 나무 달걀 대신 소형 호리병 박을 사용한다. 타샤는 "예전부터 뉴잉글랜드에서 쓰던 방법이에요. 나 혼자서 발견한 방법이 아니라"라고 주장한다. 호리병 박은 양말의 발뒤꿈치 부분에 딱 맞을 뿐만 아니라, 15센티미터나 되는 발목에 수월하게 넣었다가 뺄 수 있다.

수선할 것은 양말만이 아니다. 타샤가 좋아하는 드레스와 앞치마는 작업복으로 쓰인다. 물론 어떤 모양새일지는 짐작이 되고도 남을 것이다. 안감을 단단히 대고 튼튼한 천으로 만들었지만, 금세 허름해지고 군데군데 너덜너덜해진다. 하지만 타샤는 아끼는 드레스를 버리기 싫어서, 바늘을 부지런히 움직여 손을 본다. 그녀는 이런 경우에 대비해서, 다양한 크기의 바늘뿐 아니라 면과 모직으로 된 수실을 준비해두고 있다.

뜨개질 바늘은 옷을 뜰 때뿐만 아니라 수선할 때도 이용된다. 타샤는 스코틀랜드 출신의 유모에게서 뜨개질을 배웠다. 유모는 솜씨 좋기로 유명한 사람이었다. "물론 나는 어느 모로 보나 유모의 솜씨는 흉내도 못 내지요. 밧줄 무늬 뜨기도 제대로 못하는 걸요." 칭찬을 받으면 타샤는 이런 식으로 응답한다. 하지만 뜨개질과 자수에 관한 한, 타샤는 대단한 기량을 보이며, 화려한 바느질 솜씨를 자랑한다. 자녀들이 어릴 때는 온갖 종류의 스웨터와 목도리를 뜨개질해서 입혔고, 지금 집 안의 곳곳에 있는 숄도 그녀가 직접 뜨개질한 것들이다.

타샤는 노르딕 양말을 짤 때는, 대바늘 다섯 개를 이용해서 이음새가 전혀 없게 한다.
"온갖 크기와 모양의 바늘이 한 바구니 있답니다."

요즘 타샤가 가장 즐겨 하는 뜨개질거리는 양말과 장갑이다. 섬세한 패턴으로 뜨개질해서 아주 특별한 친구들에게 선물한다. 타샤는 재능 있는 친구인 린다 앨런에게서 배운 노르딕 패턴을 선호하는데, 워낙 복잡해서 먼저 패턴을 모눈종이에 그려야 한다. "린다는 안쪽을 떴지만, 나는 겉면을 뜨지요"라고 타샤는 설명한다. 크리스마스 전 몇 달간, 타샤는 저녁이면 난롯가에 앉아서, 두툼한 양말이나 장갑을 뜬다. "친구들의 손과 발이 따뜻하면 좋겠어요. 그게 중요하죠." 타샤는 양말과 장갑을 새로 뜨는 것만큼이나 손질해주는 일도 좋아한다. 누군가 그녀가 선물한 양말이나 장갑에 구멍을 낸 걸 보면 즐거워한다. 그녀는 손자 윈슬로의 양말을 보면서 "발 한 짝을 풀어서 새로 뜨개질해야겠네. 사실 아주 쉬운 일이지"라고 말한다.

타샤는 뜨개질 바늘로 레이스를 뜨기도 한다. 물론 노르딕 패턴을 뜨개질할 때보다 작은 바늘을 사용한다. 그녀는 가장 좋아하는 의자 옆에『클래식 면사로 뜬 가두리(물결무늬) 장식』이라는 책을 두고 자주 참조한다. 책의 곳곳에는 표시가 되어 있다. 타샤의 베개와 속치마에는 예외 없이 레이스 프릴 장식이 달려 있다.

타샤는 흰색으로 수를 놓거나 크로셰(코바늘 뜨기―옮긴이) 뜨개질을 하지는 않지만, 그런 수예 작품에 감탄한다. 그녀의 서랍장에는 얌전히 개어놓은 레이스 칼라, 레이스 숄, 케이프(어깨, 등, 팔이 덮이는 소매 없는 망토식 겉옷—옮긴이)가 쌓여 있다. 타샤는 특별한 장식이 필요한 날 이런 것들을 걸친다. 그녀는 매우 공들인 레이스 뜨기 패턴들을 모아두었다. 언젠가 그녀가 보빈 레이스(보빈에 감은 네 가닥 실을 비틀거나 교차시키거나 얽어 만드는 레이스—옮긴이) 뜨기를 배우겠다고 결심한다면, 타샤는 언제라도 친구인 조앤 드거스토에게 도움을 청할 수 있을 것이다.

조앤은 어느 시기의 복식이든 잘 알고 있어서 관련된 질문에 척척 대답해준다. 그녀는 모든 시기의 복식에 대해, 크리놀린 스커트(버팀테가 든 스커트

"옛 여인들은 절약하는 방법을 알았지요. 편지지 뒷장에 본을 옮겨 그렸거든요."
타샤는 오래 전의 패턴을 보면서 옛 여인들을 칭찬한다.

—옮긴이)부터 보닛(여자와 아이들이 쓰는, 턱 밑에서 끈으로 매는 모자—옮긴이)까지 백과사전 같은 지식을 지녔을 뿐만 아니라, 어느 스타일이든 척척 바느질을 해낼 줄 안다. 구식 의상은 타샤와 조앤의 공동 관심사이기에, 조앤은 '코기 코티지'에 자주 찾아온다. 타샤의 집에 머무는 동안 작업할 바느질감을 챙겨 오는 것은 물론이다.

타샤는 누구든 어울리는 시대가 있다고 믿는다. 조앤은 20세기의 첫 10년을 선호한다. 그 시대는 가슴이 좁은 상의와 날씬한 스커트를 입는 시대였다. 타샤는 그보다 더 과거를 선호한다. 베틀부터 조리 도구까지 그녀가 아끼는 것들은 죄다 1830년대의 물건들이다. 타샤는 그 시대의 실제 의상을 찬찬히 살펴보기도 전에 스타일을 베끼느라 바빴노라고 말한다. 그녀는 담담하게 말한다. "신비로운 일이죠. 나는 그 시절의 스타일을 본능적으로 알고 있어요. 내가 전생에 1830년대 초반에 살았다고 확신하는 것도 그 때문이고요."

1830년대의 긴 스커트와 몸에 조이는 상의를 입은 타샤는 아주 편안해 보인다. 그녀는 현대의 패션에 대해 좋은 말을 하지 않는다. "그 꼬락서니 하고는 딱 질색이에요." 그녀는 열을 내며 못마땅해한다. 바지 입은 여자를 보면 친구에게 이렇게 속삭인다. "숙녀가 왜 남자들의 옷을 입고 돌아다니고 싶어할까요? 바지는 신사들한테는 완벽하게 어울리는 옷이지만, 여성스러운 면은 전혀 나타내주지 않는 옷인데."

타샤는 특별한 일이 없는 평상시에는 손으로 만든 단순한 드레스를 입

조앤 드거스토는 의복 공예를 권하면서 "흰 옷에는 화사한 문양으로
버튼홀 스티치가 많이 들어가 있지요"라고 설명한다.

는다. 상체는 꼭 맞고, 허리 밴드가 있고, 목이 올라오는 긴 팔에 치마는 주름이 풍성한 모양이다. 조앤은 가끔 이렇게 말한다. "타샤의 체격이 얼마나 자그마한지 이루 말할 수가 없어요. 그렇게 가는 허리는 생전 처음 봤으니까요. 하지만 타샤는 스커트를 여러 겹 입죠. 겨울에는 특히 더 그렇고요." 평상복으로 입는 드레스는 단순하지만, 타샤는 이곳저곳에 장식을 곁들인다. 허리 주변에 오르간 주름이라고 불리는 장식을 하고, 치마를 풍성하게 하고, 파이핑(끈에 천을 감싸서 옷 등의 가장자리에 다는 장식—옮긴이) 처리를 해서 솔기를 강조한다. 세부적인 장식이 섬세하다.

조앤이 가슴이 좁은 옷을 가져오면, 타샤는 언제나 감탄 어린 눈으로 섬세하게 바느질된 부분을 살피면서 "이걸 보니 어머니 생각이 나네요"라고 말한다. 그녀는 어머니와 옷 취향이 다르지만, 바느질 솜씨만은 그대로 물려받았다. 타샤는 옛일을 회고한다. "어머니는 바느질을 아주 많이 하셨지요. 외모는 나무랄 데 없이 아름다웠고, 사교계에 데뷔할 때 입은 드레스를 직접 만들었다고 해요. 다른 아가씨들이 모두 부러워하면서 비슷한 옷을 만들어달라고 애걸복걸해서, 어머니는 바늘과 금색 골무를 꺼내 들고 재능을 살려 돈을 벌었지요." 특히 타샤는 어머니가 모슬린(평직의 부드러운 면직물—옮긴이)의 실을 당겨서, 섬세한 주름을 만들어 아들의 셔츠를 짓는 모습을 지켜보며, 주름을 잡는 법을 배웠다. "어머니는 일하면서 이런 말을 하곤 했어요. 남자 셔츠의 주름에 여인네의 솜씨가 드러나기에, 모임에서 가슴팍을 보고 바느질 솜씨를 가늠했다고요."

1870년대 의상을 재현하던 일을 회고하면서 타샤는 말한다. "정말 복잡한 작업이었지요. 꾸밈 장식이 많고 파이핑, 회중시계 주머니까지 달려 있으니까요. 스커트 뒷자락을 부풀려주는 허리받이는 뒤태를 살려주지요."

요즘 타샤는 '스틸워터(고요한 물) 드레스'라 이름 붙인 스타일에 푹 빠졌다. 공예에 능한 친구들이 정기적으로 만나서 베틀에 실을 걸거나 양초를 만들기 시작하자, 타샤의 아들들은 이것을 '스틸워터 운동'이라고 부르기 시작했다. 타샤는 자랑스럽게 "내가 최고 연장자지요"라고 말한다. 타샤의 친구들 중 누구도 그녀의 집에 청바지 차림으로 오지 않는다. 특히 여성들은 타샤가 여는 헛간 무도회에 참석할 만한 차림으로 온다. 타샤는 모든 이의 취향과 체격에 어울리면서도 편히 움직일 수 있는 여유가 있는 디자인을 해주었다. 바로 거기서 '스틸워터 드레스'가 탄생했다. 이 드레스는 치마가 풍성하고, 소매가 넓고, 몸통 중앙에서 허리까지 선이 부드럽게 살아 있다. 타샤는 가벼운 오스트리아 모직을 쓰고, 진동 둘레와 허리 밴드를 파이핑으로 처리한다.

타샤의 일상복과 저녁 모임용 의상은 완전히 다르다. 조앤은 탄성을 지르며 "타샤의 봉제 기술은 놀랄 만해요"라고 감탄한다. 타샤는 재미 삼아 옛날 의상을 맨 위에서 아래까지 찬찬히 살핀 다음 정확히 복제하곤 한다. "나는 패턴을 만들려고 드레스를 해체한 적이 단 한 번도 없어요!" 그녀는 무시무시한 얘기라도 되는 듯이 말한다. 놀라운 일이지만, 그녀는 옷의 안팎을 주의 깊게 살피기만 하면, 그대로 옷을 만들어낼 수가 있다. "모슬린으로 패턴을 재단한 다음, 내 모델의 몸에 맞게 입히면 그만이죠." 사람들은 마네킹'(dummy, 옷을 입힌 장식용 인형—옮긴이)이라고 부르지만, 타샤는 '모델'이라고 말하며 '아이다'라는 이름도 지어주었다. 어떤 옷을 만드느냐에 따라 아이다는 세비녜(루이 14세 때 살롱 문화의 중심 인물로 딸에게 보낸 편지로 유명하다—옮긴이) 스타일부터 시르카시엔느(스커트가 세 개의 큰 퍼프로 드레이프되는 형태의 가운—옮긴이)에 이르기까지 다양한 옷을 입는다. 허리선이 높은 옷, 허리가 꼭 끼는 옷, 스토마커(역삼각형 모양의 장식이 있는 가슴받이—옮긴이), 주름이 겹겹이 있는 옷 등 1830년대의 온갖 스타일이 연출된다. 타샤는 아이다에게 부지런히 핀을 꽂으면서 설명한다. "주름은 안감에 핀으로 고정해야 해요. 제대로 주름이 떨어지게 하려면 그 방법밖에 없거든요." 타샤는 몇 마나 되는 옷감을 요령 있게 입혀 모양을 잡는다. "파이핑은 가장 중요한 마지막 장식인데, 당기지 않게 하려면 반드시 바이어스(사선으로 재단하는 방식—옮긴이) 처리를 해야 해요. 파이핑에 쓰는 끈이라면 비싼 걸 사지는 않아요. 식품을 묶는 끈으로도 멋진 파이핑을 만들 수 있거든요."

민첩하게 파이핑 만드는 솜씨를 칭찬하면 타샤는 "연습하면 이렇게 되죠. 누구든 쉽게 해낼 수 있어요"라고 말한다. 타샤가 만드는 의상은, 놀랄 만치 복잡해 보일 뿐만 아니라 안쪽도 멋지다. 그녀는 "안감이 필수적이죠"라고 단호하게 말한다. 겉감은 고운 호박단이나 한랭사(얇은 면포 직물—옮긴이), 안감은 면직물을 사용한다. 타샤는 이렇게 말한다. "면직물은 겉감에 힘과 풍성함을 주거든요." 물론 속옷을 잘 갖춰 입어야 실루엣이 살아난다. 타

19세기 재봉사들의 솜씨를 보여주는 이 드레스들은 원래는 어른용이었지만,
지금은 어린 소녀들에게만 맞는다.

샤는 "이브닝 드레스에는 코르셋을 입어야 되죠"라고 말한다. 1830년대에는 코르셋 망의 끈이 워낙 조여서, 여자들의 허리가 2, 3인치는 줄어들었고, 치마는 풍성하게 퍼졌다. 조앤은 "타샤는 허리를 줄일 목적으로는 코르셋을 입을 필요가 없지만, 코르셋은 치마가 퍼지게 하는 데 도움이 되니까요"라고 말한다. 타샤는 코르셋이 등 굽는 것을 교정해주고, 등 아랫부분의 통증을 막아준다고 주장한다. 그녀는 "음식만 먹지 않으면, 코르셋이 얼마나 편안한데요"라고 말한다.

타샤가 아끼는 이 드레스는, 잔무늬가 있는 단순하고 가벼운 스위스 드레스로 1820년대에 입었다. 타샤의 화장대에는 그런 드레스를 입은 고조할머니의 초상화가 놓여 있다.

코르셋 밑에는 슈미즈(원피스로 된 여성용 속옷―옮긴이)를 입는다. 슈미즈는 어깨가 보기 좋게 드러나도록 목선이 패여 있다. 상의는 여러 마를 써서 시침질한 후에 삼각 모양으로 재단하고, 다트를 잡아 늘어뜨리고, 접어서 주름을 잡아 모양을 낸다. 1830년대에는 열두어 종류가 넘는 소매가 유행했다. 타샤는 그것들을 모두 재현하지만, 풍성한 양다리 모양의 소매를 아주 좋아한다. 상의에는 상당히 꾸밈이 많지만, 스커트 부분은 주름을 풍성하게 잡아서 모래시계 형태를 강조한다. 주름은 그 자체로 걸작이다. 타샤는 천을 잘 펴서, 허리에서 부풀지 않고 엉덩이부터 바닥까지 풍성하게 떨어지도록 만든다. 비법은 안감을 줄줄이 러닝 스티치(안팎으로 같은 땀이 나는 바느질 방법 ―옮긴이)하는 데 있다.

계절과 그날의 기분에 따라서, 타샤가 좋아하는 드레스는 보라색 날염(부분적으로 착색하여 무늬가 나타나게 하는 염색―옮긴이) 옷이 되기도 하고 검은 호박단 가운이 되기도 한다. 그녀는 옷을 지을 때마다 옷감에 대해 많이 생각한다. 국내에서 원하는 옷감을 구하지 못하면 외국에서 구하는 경우도 많다. 옛날 옷을 재현하기로 결정하면, 옷감의 색상과 무늬뿐 아니라 질감까지 염두에 둔다. 조앤은 말한다. "타샤는 작은 장미 문양을 좋아해요. 결국 '튜더'(타샤의 성이 튜더. 튜더는 영국의 왕조였고, 잉글랜드를 대표하는 꽃이 장미다―옮긴이) 가문이잖아요." 타샤는 화사한 색조를 좋아한다. "특히 흙이 쉽게 눈에 띄지 않는 색이 좋지요."

　타샤의 드레스는 몸에 딱 맞고 등에 작은 단추가 수십 개 달려 있어서 쉽게 입을 수가 없다. "1830년대 사람들은 죄다 줄타기하는 재주꾼들이었나 봐요." 타샤는 유난히 복잡한 의상을 입으려고 애쓰면서 중얼댄다. 그 시대에 입던 옷이 고운 실크와 탄탄한 면직물로 된 것을 보면, 매일 이런 의상을 입은 여인네들은 시중드는 시녀가 있었을 것이다. 다행히 타샤가 축제 행사 때 이런 옷을 입을 때면, 늘 친구들이 가까이 있어서 거들어준다. 평소 입는 드레스를 입을 때는 도움이 필요하지 않다. 그녀는 자기 일부라도 되는 듯 자연스럽게 드레스를 몸에 걸친다. 이쯤 되면 1830년대가 타샤와 어울린다는 것은 새삼 다시 말할 필요도 없다.

미니어처의 세계

마리오네트 인형·장난감·인형의 집

깊은 겨울, 바깥 활동이 드물어지고 정원이 겨울잠에 빠지면, 나는 저녁 무렵 타샤에게 전화를 걸곤 한다. 앵초 씨앗이 싹을 틔웠는지 묻고, 동백나무를 가꾸는 법에 대해서 의논을 한다. 내가 언제 전화를 하든, 타샤는 항상 뭔가를 열심히 만들고 있다. 그녀는 "게으른 손은 악마의 놀이터가 된다"고 믿는다. 최근에는 전화 걸 때마다, 장난감을 만드느라 분주하다. "부엉이를 하나 더 만들던 참이에요. 토바, 계속 이야기해봐요. 들으면서도 만들 수 있으니까." 그래서 우리는 제비꽃의 번식에 대해 이런저런 이야기를 주고받거나,

185

계피색 패랭이꽃에 날씨가 미칠 영향에 대해 걱정한다. 그 사이 타샤는 장난감을 완성한다. 그녀는 전화로 대화를 하면서도, 인형 만들기의 진도가 얼마나 나갔는지 계속 알려준다. "토바도 이 부엉이를 봐야 하는데. 정말 멋있어요. 방금 작은 두 눈을 달았는데, 장난기 넘치는 표정이 되었어요. 틀림없이 들쥐를 잡을 계획을 세우고 있을 거예요."

타샤는 어린 시절, 그리고 그 시기의 날개 달린 꿈에서 완전히 벗어나지 않았다. 사람들이 젊음의 근원을 궁금해하면, 타샤는 상상력이 사그라들지 않았기 때문이라고 차분히 설명해준다. 타샤는 가끔 상대방이 답답하게 굴면 "상상력을 발휘해봐요!"라고 외친다. '상상력을 발휘한다'는 표현은 그녀가 좋아하는 말이기도 하다. 타샤는 그녀 자신의 변화무쌍한 삽화처럼 마음이 젊고, 그녀의 집에는 장난감이 넘쳐난다. 부엌에서 가까운 곳에는, 그녀의 집보다도 편안해 보이는 여러 층짜리 인형의 집이 있다. 타샤는 인형들의 호사스런 생활을 꿈꾸면서 인형의 집 꾸미기를 좋아한다. 구불구불 한 긴 복도 아래쪽에는 마리오네트 인형 극장이 있다. 벽에는 줄에 걸린 등장인물들이 출연할 때를 기다리고 있다. 타샤의 아들 세스는 멋진 관객석을 손수 만들어주었다.

다른 사람들처럼 타샤 역시 아주 어릴 때 놀이를 시작했다. 두 살 때 장난감 암소를 선물로 받은 것이 가장 어릴 때의 기억이다. 그녀는 "스코틀랜드인 유모는 내가 뿔에 찔릴까 봐 잘라야 된다고 고집을 부렸지요"라고 말한다. 대부분의 사람들이 자라면서 장난감에 대한 관심이 사그라지는 반면, 타샤의 경우는 그 감정이 그대로 남아 있다.

세스는 말이 많은 사람이 아니지만, 어머니가 자식들을 즐겁게 해주기 위해 복잡한 놀잇감들을 만들어주던 이야기는 채근하지 않아도 길게 말한다. 세스는 내게 이렇게 말한다. "어머니는 우리를 웃기게만 해준 게 아니었어요. 장난감을 사랑하고, 특히 인형 놀이를 좋아하시죠. 어머니도 우리 못지않게 놀이를 즐기셨을 거예요."

아장아장 걷는 자식들을 재미있게 해주려고 처음 만든 장난감은, 단순한 목각 동물이었다. 이 목각 인형들은 지금도 타샤의 벽난로 선반에 놓여 있다. 그 외에도 봉제 까치 인형, 봉제 토끼 인형, 헝겊 인형, 종이 옷을 입힌 종이 인형들이 있다. 타샤는 가족들의 상상력을 키우기 위해 오랫동안 열심히 작업했고, 덕분에 깜짝 놀랄 만한 솜씨가 스며든 장난감들이 만들어졌다. 공장에서 만든 놀잇감은 명함도 못 내밀 만한 작품들이었다. 그러나 이따금 아이들을 뉴욕에 있는 'F.A.O. 슈워츠'(뉴욕 맨해튼 5번가의 대형 장난감 백화점—옮긴이)에 데려가서 장난감을 고르게 해주었다.

타샤는 그때를 이렇게 회고한다. "아이들마다 좋아하는 장난감이 따로 있었지요. 세스는 머트 보가트를 찾아내서는 어찌나 사랑하던지, 머트가 살 집을 만들어줘야 했지요. 머트는 괴물인데, 말썽을 부렸고 추하게 생겼어요.

앞니가 하나 없고, 머리는 초록색 이끼 같았고요." 에프너가 좋아한 장난감은 타샤가 만들어준, 목욕시킬 수 있는 인형이었다. "친구의 가마에서 구운 비스크 도자기 인형이었는데, 관절을 고무줄로 연결해서 욕조에서 갖고 놀아도 망가지지 않게 했지요. 그 인형을 만드는 데만 아홉 달이 걸렸어요. 결국 완성되자, 우리는 베이비샤워(태어난 아기에게 필요한 선물을 주며 축하하는 행사—옮긴이)를 열어줬지요."

마리오네트 인형극은 아이들의 인형을 즐겁게 해줄 요량으로 시작되었다. 해마다 가족은 대규모 크리스마스 파티를 열었고, 타샤는 인형들이 샘을 낼 거라고 믿었다. 그래서 인형들의 명절 행사로 인형극을 마련했다. 인근 학교의 아이들이 모두 인형극에 초대받았다.

처음에 타샤는 『빨간 모자』와 『잭과 콩나무』 같은 기본적이고 쉽게 공연할 수 있는 작품을 무대에 올렸다. "콩나무가 어찌나 무성했던지 천장까지 닿을 정도였다니까요." 어느 해인가 가족은 『성자 조지와 용』을 무대에 올렸다. 이 작품을 위해 세스는 흐느적대는 몇 미터짜리 용을 만들었다. "용은 불을 내뿜는 특성이 있어요. 그래서 우리는 길다란 관장기를 용의 몸속에 넣었지요. 아이들은 숯을 갈아서 가루를 주머니에 담아 용의 목구멍으로 넣으며 즐거워했어요. 용이 등장할 때가 되자, 탐이 무대 밑으로 기어가서는

세월이 흐르자 타샤가 『브레멘 음악대』를 위해 모피와 나무로 만들었던 개는 처량해 보인다.
"안쓰러운 마음을 갖게 하지 않나요? 고개마저 가엾게 갸우뚱하고 있으니."

관장기에 숨을 불어넣으니, 용의 목구멍에서 검은 연기 구름이 퍼졌지요."

자녀들이 어른이 된 후에도 타샤는 여전히 인형극을 공연했다. 타샤는 세스에게 헛간 가까운 곳에 인형 극장을 지어달라고 부탁했다. 짙은 색감의 목재로 지은 극장은 울림이 풍부한 매혹적인 곳이다. 다시 살아나기를 기다리는 등장인물들이 무대로 나가 공연할 날을 기다리고 있다. 요즘은 마리오네트 인형 마흔세 개가 무대 벽에 걸려 있다. 모두 타샤가 무대에 올리는, 윌리엄 메이크피스 태커리의 『장미와 반지』에 등장하는 인형들이다. 십여 년

『장미와 반지』에서 베스틴다가 진짜 공주임이 드러난 후부터 상냥한 표정과 풍만한 가슴,
공들인 드레스를 갖춘 인형이 등장한다. 그런 분위기를 내기 위해
타샤는 어머니의 물감 상자를 뒤적인다.

전, 타샤는 진짜 야심찬 작품을 공연할 시기가 되었다고 결정했다. 그래서 편안히 즐길 수 있는 작품보다 더 영웅적이고 나쁜 자들이 나오는 작품을 골라서, 친구 린다 앨런과 함께 등장인물들을 만들었다. 대부분의 인형들은 머리와 손을 점토로 만든 후, 회반죽 몰드로 찍어 오븐에 구웠다. 어떤 경우에는 같은 인형들이 몇 개씩 필요하기 때문에 몰드가 중요하다.

타샤는 "마리오네트 인형은 옷을 갈아입힐 수가 없으니까, 같은 인형이 여러 개 필요하지요"라고 설명한다. 그래도 여덟 가지 악기로 '비발디를 완벽하게 연주하는' 코기 오케스트라는 인형 한 벌씩만 있으면 된다. 객원 지휘자인 '파스케일 펠리니'도 마찬가지고. 펠리니는 봉제 고양이로, 템포가 빨라지면 꼬리를 지휘봉 삼아 휘두르는 경향이 있다.

타샤가 인형극 제작에서 가장 좋아하는 대목은 당연히 의상을 만드는 일이다. 마리오네트마다 흠잡을 데 없는 의상을 입는다. 타샤는 태커리 작품의 초판본에 실린 그림들을 가이드 삼아 의상을 만들었다. 그녀는 다른 마리오네트 세트를 만들고 싶어 안달한다. 그녀는 "이카보드 크레인(워싱턴 어빙의 소설『슬리피 할로의 전설』에 나오는 인물—옮긴이)을 만들고 싶어 죽겠어요"라고 말한다.『슬리피 할로의 전설』을 공연하리라 기대하며, 세스는 회전 무대를 만들었다. 곧 '머리 없는 기사'가 엄청난 속도로 말을 달리는 장면을 볼 수 있을 것이다.

한편 타샤는 아끼는 인형 엠마의 멋진 드레스를 만드느라 분주하다. 타샤는 인형에 사랑하는 숙모의 이름을 붙여주었다. 숙모는 놀러온 어린 소녀들을 멋진 독일 인형의 집에서 놀게 해주었다. 인형 엠마의 집에는 캡틴 새디어스 크레인, 새장에 든 새 몇 마리, 코기들, 러시아산 이리 사냥개 한 마리가 같이 산다. 나는 타샤가 만든 미니어처의 세계에 빠져서 평생이라도 보낼 수 있을 것 같다.

타샤는 인형들에게 아늑한 환경을 만들어주고 싶어서, 세부적인 부분까지 집처럼 느껴지게 꾸며놓았다. 솜을 넣은 의자들과 함께 응접실에는 발받침들과 장정된 고전 몇 권이 있다. 벽에는 작은 수채화들이 걸려 있고, 하인을 부르는 종이 있고, 추억의 물건인 가족 사진들과 작은 공작 깃털들이 놓여 있다. 벽난로 위에는 머스킷 총이 걸려 있고, 연주되기를 기다리는 첼로가 있다. 벽난로 옆에는 장작 바구니도 있다. 침실의 서랍장과 침대 옆에는 물레와 얼레가 놓여 있고, 손으로 짠 작은 바구니에는 실타래가 담겨 있다.

인형의 집은 3층으로 되어 있고, 맨 아래층은 부엌이다. 타샤는 위치를 바꾸겠다고 말한다. "부엌을 높은 곳으로 가져가야 해요. 엠마가 항상 부엌에서 일하기 때문이지요. 응접실을 지하실로 내릴까 봐요."

엠마는 인형의 집 부엌에서 할 일이 많다. 바닥에는 돌로 된 버터 제조기

가 놓여 있고, 오지그릇들도 많다. 바구니에 담겨 있는 장작은 장작 때는 무

쇠 오븐에 들어갈 때를 기다린다. 벽면과 찬장의 선반에는 깔때기며 강판,

팬, 냄비를 비롯한 요리에 필요한 도구들이 잔뜩 준비되어 있다. 창가의 새

장에서는 새 한 마리가, 반죽을 밀거나 노란 주전자와 믹싱볼들을 씻는 엠마

를 즐겁게 해준다.

　인형의 집과 타샤의 집이 비슷한 것은 완전히 의도된 것이다. 세스의 아

내인 마저리가 만든 가구류까지 똑같이 닮았다. 세스는 인형의 집에 놓을 가

구를 만드는 일은 실제 크기의 가구를 재현하는 것과 똑같이 까다롭다고 설

명한다. "다만 누가 의자에 너무 힘껏 기댈까 봐 걱정할 필요가 없는 것만 빼

고요."

타샤는 "엠마가 『백조의 호수』를 보고 싶어 하기에 마리오네트 인형을 만들어주었지요.
1830년대의 분위기는 아니지만 상관없어요"라고 말한다.
멀지 않은 곳에 『장미와 반지』의 주인공인 지글리오 왕자가 걸려 있다.

사실 캡틴 새디어스는 아내인 엠마보다 몇 년 먼저 태어났다. 타샤는 "그는 나무로 단단히 만들어져서 꽤 무게가 나가죠"라고 말한다. 쉽게 조작할 수 있도록, 화가들이 모델로 사용하는 나무 형체들 같은 구상 관절(관절의 한쪽은 둥근 모양으로, 다른 한쪽은 절구 모양으로 되어 있어 서로 자유롭게 움직일 수 있는 관절―옮긴이)로 만들었다. "펜 나이프로 그런 관절을 만들기는 쉽지 않았

지요"라고 타샤는 지적한다. 나무를 깎아 만든 관절들은 묵직한 고무 끈으로 맸다. "엠마는 훨씬 똑똑하게 만들어졌다"며 타샤는 자랑한다. 남편처럼 팔과 다리는 나무를 깎아 만들었지만, 관절은 철사로 되어 있어서 '마리오네트처럼 유연하게 움직인다'고 으스댄다. 몸통은 새끼 염소 가죽에 라벤더를 채워서 만들었다. 타샤는 인형의 간과 폐와 심장 자리에 우산이끼(liverwort로 liver는 간—옮긴이), 폐장풀(lungwort로 lung은 허파: 옮긴이), 금낭화(leeding heart로 heart는 심장—옮긴이)를 넣었다. 엠마의 머리는 스컬피(오븐용 점토의 상품명—옮긴이)로 만들어서, 염소털 가발을 씌웠다. 엠마의 발치에 귀염둥이 코기가 한두 마리 앉아서 먹이를 달라고 조르는 것은 두말하면 잔소리다. 코기들은 '길에서 죽은 복 없는 다람쥐'의 껍질을 무두질해서 만들었다.

타샤는 인형 옷을 손바느질하는 걸 무척 좋아해서, 엠마와 캡틴 새디어스의 옷장에는 옷이 가득 차 있다. 캡틴 새디어스는 잘 마름질된 사복 정장뿐 아니라 화려한 제복도 입는다. 옷마다 풀 먹인 칼라와 회중시계 주머니가 있다. 엠마는 19세기의 아름다운 젊은 부인의 수수한 차림새를 하고 있다. 속치마부터 작은 브로치를 단 레이스 숄에 이르기까지 주름 하나하나 완벽하게 바느질해서, 1830년대와 똑같은 의상이 재현되었다. 엠마의 옷은 잘록한 허리를 강조하기 위해 양다리 모양의 소매가 달려 있다. 소형 개수통 펌

타샤는 이렇게 말한다. "엠마에게 푹 빠졌어요. 피그말리온 이야기를 들어봤을 테지요.
내가 엠마를 만들 때 꼭 그랬다니까요." 엠마의 옷과 장신구가
그렇게 섬세한 것도 놀랄 일이 아니다.

프 앞에서 미니어처 그릇을 씻거나 작은 절구에 당근을 갈 때면, 엠마는 옷이 물에 젖지 않도록 풀 먹인 앞치마를 두른다. 타샤는 엠마의 옷을 직접 디자인하고, 인형의 체격에 꼭 맞도록 가봉한다. 패턴은 클리넥스나 두루마리 화장지로 만든다. 엠마도 타샤처럼 팔꿈치 맨살을 보이지 않는다. 대중에 공개된 결혼식을 치른 후(엠마와 캡틴 새디어스의 결혼식 소식이 《라이프》지에 실렸다.) 엠마는 가슴을 보이지 않았고, 레이스 칼라로 어깨를 가려왔다.

엠마와 캡틴 새디어스는 같이 살림을 차리기 전까지, '참새 우편'을 통해 사랑의 편지를 주고받았다. 타샤의 자녀들이 아주 어릴 때부터 지금껏 그들의 인형들은 미니어처 편지를 주고받는다. 작은 편지지에는 초소형 삽화가 그려져 있다. 편지마다 얌전히 접고 봉인해서, 인형의 집 앞쪽에 있는 우편함에 넣는다. 세스는 말한다. "우리는 이것을 '참새 우편'이라고 불렀고, 학교에 가서는 종일토록 얼른 집에 가서 우리 인형들에게서 온 편지를 읽고 싶어 안달하곤 했지요."

명절이면 인형들은 카드를 주고받았고, 결국 집에서 만든 '발렌타인 북'이 탄생했다. 이것은 '유난히 친한 인형들이 있기에' 타샤가 생각해낸 책자였다. 이 매혹적인 책은 가로 세로가 5센티미터 남짓 되지만 발렌타인 카드의 상세한 부분까지 광고되어 있다. 표지에는 발행인의 의도가 나와 있다. '이 카탈로그에는 열정적인 사람, 예의 바른 사람, 감상적인 사람, 유머러스한 사람부터 수줍은 사람에 이르기까지 모든 낭만적인 상황에 어울리도록 디자인된 발렌타인 카드들이 담겨 있습니다.'

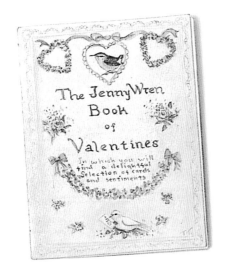

타샤가 처음 만든 '발렌타인 북'은 자녀들을 즐겁게 해주려고 만든 것이었고, 아마 타샤도 똑같이 재미있어했을 것이다. 그녀는 정기적으로 발렌타인 북처럼 작은 크기의 책자 '마우스 밀스 카탈로그'를 만들었다. 여기에는 장난감 장신구와 인형 옷들의 그림과 설명이 실렸다. 세월이 흐르면서 카탈로그는 점점 세세해졌고, 결국 인형들은 속치마, 신사용 잠옷 모자, 재킷들을 고를 수 있게 되었다. 심지어 '파리 직수입 프랑스산 저지천' 같은 기발한 착상도 등장했다. 이 특별한 물품은 선홍색이나 '예술적인 분위기를 풍기는 검은색', 두 종으로 선택 가능했다. '마우스 밀스' 스타킹("몸에 잘 맞아서 입으면 늘어지지 않지요.")도 있었고, 스타킹 밴드('빨강이나 검정 최고급 밴드')까지 있었다. 또 '얇은 천에 레이스로 장식한, 집에서 보내는 저녁에 알맞은 매혹적인 속치마'도 있었고, 잘 차려입은 인형에게 어울리는 빅토리아 시대의 장신구들도 갖춰져 있었다.

단추의 개수로 가격이 정해지고, 재미있고 우스꽝스러운 설명들이 덧붙여졌다. 장식이 많은 물품은 단추의 개수도 많아졌다. 물론 타샤의 자녀들은 이 독특한 물건들을 많이 갖고 싶어했다. 자녀들은 잔심부름을 하고 단추

자녀들이 어릴 때, 그들의 인형들은 '참새 우편'을 통해 서신 교환을 했다.
편지마다 누가 보지 못하게 밀랍으로 신중히 봉인을 했다.

를 받아 갖고 싶은 것을 주문했다. "이웃들에게 남는 단추가 있으면 가치 있는 일에 쓰게 기부해달라고 조르기도 했지요. 그 결과 나는 단추를 많이 갖고 있답니다." 타샤는 눈을 반짝이며 말한다. 자녀들은 필요한 단추를 확보하면, 카탈로그에 나오는 물건들을 주문할 수 있었다. "어머니는 언제나 광고하는 물건은 다 만들어주셨어요"라고 세스는 말한다. 어떤 물건은 유난히 만드는 기간이 길다. 그래서 고객들에게 내거는 판매 조건이 카탈로그에도 나와 있다. '저희는 가능한 빨리 물건을 드리려고 최선을 다하겠지만, 지체되어도 참아주시기 바랍니다.' 거기에는 실망하는 일이 없도록 몇 가지 지침도 들어 있었다. '주문할 때는 신중하게 치수와 크기를 말해주세요. 색상도 알려주십시오.' 이런 지침에는 '마우스 밀스'의 주인인 티모시 D. 마우스의 서명이 들어 있었다. 타샤는 작은 카탈로그를 휴지에 싸서 바구니에 담아 보관하면서 말한다. "너무 재미있어서 우린 오랫동안 이 놀이를 했지요."

요즘 '참새 우편함'에 들어오는 편지는 자녀들이 어릴 적처럼 많지 않지만, 타샤는 여전히 장난감에 푹 빠져 있다. 요즘은 부드러운 장난감에 애정을 듬뿍 쏟고 있다. 현재까지는 가면올빼미 만드는 걸 가장 즐기고 있다. 그래서인지 계속 여러 마리를 만들고 있다. 누가 보든 올빼미들은 똑같다. 실로 만든 몸통, 가죽을 붙인 얼굴, 해바라기씨로 만든 부리. 하지만 비슷한 것

은 여기서 끝난다. 어떤 것은 눈이 단추고, 다른 것들은 유리알이다. 어떤 것들은 날개를 얌전히 접고 있고, 다른 것들은 얼룩덜룩한 깃털을 활짝 펴고 날아오른다. 다들 순진해 보이는 큰 눈망울을 지녔지만, 나름의 표정과 특성이 살아 있다.

타샤는 판지 조각에 실을 반복해서 감고 가위로 잘라 모양을 내서 올빼미를 만든다. 아이들이 어릴 때 던지며 놀라고 만들어준 빅토리아 시대의 털실 뭉치에서 아이디어를 얻었다. 그녀는 "아이를 재미있게 해주는 일은 아주 쉬워요"라는 말을 자주 한다. 하지만 올빼미 만드는 데는 공이 많이 든다. 물론 타샤는 공예가의 솜씨를 동원한다. "털실로 만드는 것뿐인데. 하지

타샤는 작은 올빼미를 수십 마리 만들었지만 똑같은 모양이 없다.
모두 주둥이는 해바라기씨지만, 각각 독특한 표정을 갖고 있다.

만 가위를 함부로 휘두르지는 말아요. 일단 자르면 다시 고칠 방법이 없으니까.” 올빼미의 흰 가슴팍은 염색한 실로 보풀을 만들어 강조한 것이다. 타샤는 물감을 칠한 동그란 가죽 두 개를 얼굴에 붙이고, 주위를 감싼다. 올빼미들이 아직 솜털이 빠지지도 않을 만큼 어리기 때문이다. 기니아 닭의 털을 세워서 귀를 만들고, 닭털을 붙여서 날개도 만든다. 그 다음에는 흰 천으로 감싼 철사로 발가락 세 개 달린 두 발을 만들어 완성한다. 철사 몇 가닥을 요령껏 잘 감으면, 타샤가 원하는 곳 어디나 올빼미들을 앉힐 수가 있다. 한두 마리는 그녀의 이젤 끝에 앉아서, 어떤 작품이 그려지는지 내려다본다.

이젤은 기다란 나무 탁자의 한쪽 끝에 놓여 있고, 이 탁자는 명절 때 식탁으로 쓰인다. 식탁으로 쓰지 않을 때는 창이 있는 벽에 붙여서 작업대로 이용한다. 타샤는 언제든 쓸 수 있게 탁자에 물감과 붓, 잉크와 다른 화구들을 놓아둔다. 멀지 않은 곳에 깃털이 담긴 단지가 있다. 또 실타래 몇 꾸러미와 자투리 천 등, 타샤가 ‘찾아내서’ 모은 잡동사니들이 있다. 탁자의 남는 부분에는 타샤가 만들고 있는 장난감이나 그것들의 원본이 함께 놓여 있다.

타샤가 지금은 올빼미에 관심을 쏟고 있지만, 지금껏 집에 들어온 온갖 동물은 봉제나 목각 인형 등으로 만들어졌다. 그뿐 아니라 집에서 키운 적은 없지만 좋아하는 동물들의 인형을 만들었다. 눈을 끄는 상의와 빨간 조끼를

갖춰 입은 '호레이시오 래빗'과 체크무늬 에이프런 드레스를 입고 추수용 바구니를 든 '레티샤 오헤어'도 있다. 두 토끼는 실로 만들고 말총으로 콧수염을 박았다. 멀지 않은 곳에 '토키^{Tokki} 오헤어'도 앉아 있다. 역시 실로 만들어진 토키는 계속 놀란 표정을 짓고 있다. "토키가 요즘 좀 놀란 것 같지 않아요?" 타샤는 이렇게 말한다. 타샤의 딸 베서니의 어릴적 친구였던 무명 벨벳으로 만든 까치는 꼬리가 늘어져서 수선을 기다리고 있고, 비슷한 디자인의 펠트천 까마귀는 조끼와 목도리 차림으로 근처에 걸터앉아 있다. 타샤는 손자들이 어깨에 늘어뜨리고 다니도록 길쭉한 고양이를 만들었고, 멋진 누비아 염소도 만들었다. 염소의 몸통은 새끼 사슴 색깔로 칠한 낡은 면 이불보로 감쌌다. 염소는 특유의 매부리코와 늘어진 귀를 가졌을 뿐만 아니라, 솜

타샤는 '바카디디'와 '에드거 앨런 크로'라는 봉제 까마귀 두 마리를 만들었다.
그 옆에는 오래전 타샤가 처음 만든 토끼 인형인 '호레이시오 래빗'이 있다.
다른 토끼들처럼 그는 친척이 많다. 그중에는 최근에 만든 '울시 오헤어'도 있다.

타샤는 자랑스러움을 감추지 않고 말한다. "내 염소를 봐야 해요. 몸통이 늘씬하고
등이 쭉 곧지요. 젖통은 풍만하고요. 더군다나 장난을 치는 법이 없다니까요."

을 채운 통통한 젖통도 가지고 있다. 그 외에도 탁자에는 코기 몇 마리, 고슴도치 한 마리, 생쥐와 설치류 동물들이 있다. 하지만 북미산 다람쥐 자리는 비어 있다. 타샤는 구근을 먹어치우고 정원에 해를 입히는 악동들을 찬양하고 싶은 마음은 추호도 없다.

타샤는 어둠이 내린 후에는 수채화를 그리지 않는다. "적당한 색깔을 고르려면 햇빛이 있어야 되거든요." 그녀는 해가 지면, 난롯가에 앉아 장난감을 만든다. 근처에 놓인 베틀에는 작업 중인 파란색과 흰색 담요가 걸쳐져 있고, 물레도 타샤가 짬을 내주기를 기다린다. 새로 만든 옷 한두 벌은 찬사를 받을 만한 자리에 의기양양하게 놓여 있다.

타샤의 집에는 언제나 볼거리가 풍성하고 배울 것도 많다. 타샤는 더할 나위 없는 선생님이어서, 어떤 작업이든 찬찬히 가르쳐준다. 그녀가 솜씨를 발휘해 뭔가를 만들면서 멋진 이야기를 해주면, 더욱 환상적인 분위기가 된다. 걱정 근심이 사라진다. 뭐든 정성껏 만들어진다. 벽난로의 불꽃이 타샤의 얼굴에 너울너울 그림자를 드리운다. 일감에 집중해서 부지런히 손을 움직이는 그녀의 뺨이 불빛에 드러난다. 절대 게으름 부리지 않는 손과 함께.

타샤 튜더 연표

1915년   보스턴에서 조선 기사 아버지와 화가 어머니 사이에 출생.
         타샤의 집은 마크 트웨인, 소로우, 아인슈타인, 에머슨 등 걸출한 인물들이
         출입하는 명문가였음.

9세   부모의 이혼. 아버지 친구 집에서 살기 시작함. 그 집의 자유로운 가풍으로부터
         커다란 영향을 받음.

15세   학교를 그만두고 혼자서 살기 시작함.

23세   첫 그림책 『Pumpkin Moonshine』 출간. 결혼.

30세   뉴햄프셔의 시골로 이사. 2남 2녀를 키움.

42세   『1 is One』으로 한 해 동안 출판된 가장 훌륭한 어린이 그림책에 수여하는
         '칼데콧 상' 수상.

56세   『Corgiville Fair』 출간. 이 책이 많은 독자들의 사랑을 받아 동화작가로
         유명세를 타게 됨.
         더욱 시골인 버몬트주의 산골에 18세기 풍 농가를 짓고 생활하기 시작함.
         우수한 어린이 책을 제작, 보급하는 데 공헌한 사람에게 주는
         리자이너 메달 수여받음.

83세   타샤 튜더의 모든 것이 사전 형식으로 정리된 560쪽에 달하는
         『Tasha Tudor: The Direction of Her Dreams』(타샤의 완전문헌목록)가
         헤이어 부부에 의해 출간됨.

87세   코기빌 시리즈 세 번째 책인 『Corgiville Christmas』 출간.

90세   일본 NHK 스페셜 〈기쁨은 만들어가는 것: 타샤 정원의 사계〉 방영.

91세   미국 노먼 록웰 뮤지엄 등에서 전시회 〈타샤 튜더의 영혼〉 개최.

2008년   자신이 일군 아름다운 정원의 버몬트주 저택에서 가족들이 지켜보는 가운데
         92세 나이로 영원한 잠에 듦.

타샤 튜더 대표 작품

1938년 Pumpkin Moonshine(『호박 달빛』, 엄혜숙 옮김)

1939년 Alexander the Gander

1940년 The Country Fair

1941년 Snow Before Christmas

1947년 A Child's Garden of Verses(로버트 루이스 스티븐슨 지음, 타샤 튜더 그림)

1947년 The Doll's House(루머 고든 지음, 타샤 튜더 그림)

1950년 The Dolls' Christmas

1952년 First Prayers

1953년 Edgar Allen Crow

1954년 A is for Annabelle(『타샤의 ABC』, 공경희 옮김)

1956년 1 is One(『1은 하나』, 공경희 옮김)

1957년 Around the Year(『타샤의 열두 달』, 공경희 옮김)

1960년 Becky's Birthday

1961년 Becky's Christmas

1966년 Take Joy! The Tasha Tudor Christmas Book

1971년 Corgiville Fair(『코기빌 마을 축제』, 공경희 옮김)

1975년 The Night Before Christmas(클레멘트 무어 지음, 타샤 튜더 그림)

1976년 The Christmas Cat(딸 에프너 튜더 지음, 타샤 튜더 그림)

1977년 A Time to Keep(『타샤의 특별한 날』, 공경희 옮김)

1987년 The Secret Garden(프랜시스 호즈슨 버넷 지음, 타샤 튜더 그림)

1988년 Tasha Tudor's Advent Calendar

1990년 A Brighter Garden(에밀리 디킨슨 지음, 타샤 튜더 그림)

1997년 The Great Corgiville Kidnapping(『코기빌 납치 대소동』, 공경희 옮김)

2000년 All for Love

2003년 Corgiville Christmas(『코기빌의 크리스마스』, 공경희 옮김)

타샤의 집

펴낸날 초판 1쇄 2007년 12월 20일
　　　　개정판 1쇄 2025년 5월 30일

지은이 타샤 튜더, 토바 마틴

사진 리처드 브라운

옮긴이 공경희

펴낸이 이주애, 홍영완

편집장 최혜리

편집1팀 김하영, 김혜원, 최서영

편집 박효주, 강민우, 한수정, 홍은비, 안형욱, 송현근, 이소연, 이은일

디자인 김주연, 기조숙, 윤소정, 박정원, 박소현

홍보마케팅 김태윤, 김준영, 백지혜, 박영채

콘텐츠 양혜영, 이태은, 조유진

해외기획 정미현, 정수림

경영지원 박소현

펴낸곳 (주)윌북　출판등록 제 2006-000017호

주소 10881 경기도 파주시 광인사길 217

전화 031-955-3777　팩스 031-955-3778

홈페이지 willbookspub.com

블로그 blog.naver.com/willbooks　포스트 post.naver.com/willbooks

트위터 @onwillbooks　인스타그램 @willbooks_pub

ISBN 979-11-5581-819-0 (03840)